(취향 탐구 생활)

유독 작고 귀엽고 하찮은 것에 마음이 가고, 애정이 생긴다.
그런 걸 좋아하는 게 나다!

내 우주는
취향으로 가득 차 있다

삶의 무게를 덜어 내고 가볍게 살고 싶다. 감당할 수 있는 만큼의 물건만 소유하고 싶다. 그래서 몇 년째 쉬지 않고 정리하는 중이다. 아무리 좋은 물건이라도 내 생활에 필요하지 않다면 가지지 않으려고 한다. 살아가는 데 꼭 필요한 물건과 좋아하는 물건만으로 사는 것이 소박한 목표다.

지금껏 수많은 물건과 헤어졌다. 호기심에 산 물건, 예뻐서 산 물건, 갖고 싶어서 산 물건, 돈을 쓰고 싶어서 산 물건이 차례로 다른 주인을 만나기 위해 상자에 담겨 낯선 누군가의 손으로 떠나갔고, 쓰레기 통에 버려졌다.

남겨 둔 물건들 중에는 단순히 '좋아한다'는 감정만으로는 설명하기 어려운 물건도 있다. 객관적으로 보면 쓸모없는 게 분명한데도 계속 살아남아 내 곁에서 한 자리씩 차지하고 있다. 이제는 안다. 이것들이 '내 취향'이라는걸!

내가 가진 것, 곁에 있는 것 등 나를 이루는 세계를 우주라고 부르고 싶다. 내 우주에는 애정과 애틋함, 따뜻해지는 마음처럼 작지만 강력한 힘을 가진 존재들이 둥둥 떠다니고 있다. 이것들이 일상을 풍족하게 만들고, 때때로 나를 위로해 준다. 내 곁에 남은 이유는 제각각이지만 지금은 '내 취향'이라는 이름으로 한꺼번에 부를 수 있게 됐다. 수많은 물건과 함께 취향마저 덜어 낸 줄 알았는데 오히려 더 선명해져서 얼마나 다행인지 모른다.

이 책은 내 우주를 풍족하게 만들어 주는 취향에 관한 이야기다. 미리 말해 두지만 내가 좋아하는 것은 대부분 사소하고, 어떤 건 하찮기까지 하다. 그러나 내 취향을 더 멋지게 만들려고 노력하지는 않는다. 멋없고 싱겁고 귀여운 모습이 어딘지 모르게 나와 꼭 닮았기 때문이다. 오히려 더욱 나답기를 바란다. 그럴싸해 보이지 않아도, 떠올리면 기분이 좋아지는 '진짜 취향'으로만 내 우주를 가득 채우고 싶다!

사실 글을 처음 쓸 때만 해도 내가 가진 것들이 사소해 보여 걱정했다. 한 권의 책이 될 수 있을지 마음이 복잡했는데, 원고를 끝마치는 시점에는 주변의 사물이 훨씬 더 좋아졌다. 내 우주가 무엇으로 구성됐는지 살피면서, 나 자신과 내 이야기를 더 사랑하게 됐다.

나는 오랫동안 내가 가진 것보다 갖지 못한 것에 더 많은 관심을 기울였다. 그로 인해 물건이 가득한 집에 살면서도 결핍을 느끼곤 했다. 하지만 지금은 애정을 가진 존재들을 살피는 것만으로도 시간이 부족하다. 내가 가진 걸 그 어느 때보다 좋아하고 있다. 계속 이렇게 살고 싶다!
앞으로 또 어떤 취향을 발견하게 될지, 그것들로 내 우주
가 어떻게 채워지고 변해 갈지 궁금하다.

에린남

목차

프롤로그

내 우주는 취향으로 가득 차 있다 006

내 손으로 만드는 우주
_____

뜨개질의 시작은 물욕 때문이었다 017
➔ 연습 삼아 만든 물건마저 유용하다! 024
모자는 못 돼도 바구니는 될 수 있지 025
만드는 사람의 마음 030
마음에 들지 않는다면 037
없어서 오히려 좋았던 것 042

부록 가끔 실패해도 괜찮아 048
➔ 내 손으로 할 수 있는 일의 목록 053

덕분에 내 우주는 매일 다채로워요

허술하고 빈약해도 충분한 내 홈 카페　　057

➔ 1인용 밀크티 만드는 법　　063

쓰는 사람의 마음　　064

작은 것들을 모은 나만의 힐링 스폿　　070

➔ 내 힐링 스폿　　075

새로운 설렘을 위해 단어를 모읍니다　　076

TV 없이도 살 수는 있겠지만　　083

내 머리맡 따뜻한 궁둥이　　088

부록 수집욕은 없습니다만　　094

➔ 내 우주의 필수 구성품　　099

목 차

내 우주의 규칙은 내가 정할게요

무난함이 언제나 승리한다   103

➜ 옷장의 또 다른 만능 아이템 블랙 재킷   108

합리적인 소비를 하고 싶어   109

모두에게 해피 엔딩   114

➜ 내 Don't buy list   119

디지털 공간에도 정리가 필요해   120

휴, 명품 가방 살 뻔했네   125

➜ 일하러 갈 때 내 가방 안에 있는 것   131

우리 집에 온 종이 상자는 살아 나가지 못한다!   132

슬럼프가 찾아오면 연필을 깎는다   137

부록 나는 왜 이런 게 좋을까?   144

➜ 나만의 '인생템' 자랑 대회   148

갖지 않아서 더 소중한 것들

크리스마스 장식 없이 크리스마스를 즐기는 법   153

노래방 없는 세상은 상상하고 싶지 않아   159

➜ 입시 스트레스를 날려 줬던 노래 리스트   165

어디든 작업실이 된다   166

팀 버튼이 내 우주의 기둥 하나쯤은 세웠지   171

〈겨울왕국〉은 어린이 영화가 아닙니다   177

한 달씩 연장되는 관계   184

➜ 내 구독 서비스 리스트   189

커다란 마음이 비집고 들어온다   190

부록 해야 할 일을 즐겁게 해내려면   194

➜ 나만의 취향 리스트   197

내 손으로 만드는 우주

뜨개질의 시작은

물욕 때문이었다

장미 나무가 작은 꽃봉오리를 틔우기 시작했다. 사람들의 옷
차림이 가벼워졌다. 길가의 키 큰 나무가 어제보다 울창해졌
다. 여름이다, 뜨개질을 해야겠다!

나에게는 겨울이 아닌 여름이 뜨개질의 계절이다. 뜨개질의
시작이 네트 백이었기 때문이다. 지난 여름에도, 지지난 여름
에도 나는 뜨개 가방을 만들었다.

4년 전 SNS에서 그물처럼 생긴 가방을 처음 봤다. 자세히
보니 뜨개질로 만든 것이었다. 여름이 다가오며 새로운 유행

이 시작된 건지, 생김새대로 이름이 '네트 백(그물 가방)'인 가방을 든 사람들의 사진이 계속 올라왔다. 가볍고 시원해 보이면서 멋스럽기까지 한 이 가방에 꽂힌 관심을 멈출 수 없었다. 한국에 살았더라면 당장 인터넷을 검색해 네트 백을 구입했을 테지만, 아쉽게도 당시 나는 호주 시드니에 살고 있었다. 계절도 한국과 반대인 겨울이었다. 구멍이 송송 뚫린 여름 가방을 이곳에서는 당연히 찾을 수 없었다.

갖고 싶은데 살 수 없다니! 느닷없이 생긴 물욕을 해소할 길이 없어 몇 날 며칠을 몸부림쳤다(스스로 미니멀리스트라고 정의하기 전이었다). 이 상황에서 네트 백을 당장 가질 수 있는 유일한 방법은 직접 만드는 것이었다. 해외 배송을 기다리는 시간도 아까웠다. 내 의식은 이렇게 흘러갔다.

네트 백이 갖고 싶어! → 뜨개질로 뜬 가방이네? → 그럼 나도 만들 수 있겠다!

문제가 있었다. 나는 뜨개질을 할 줄 몰랐다. 이전에 몇 번 시도는 해 봤다. 예쁜 목도리를 만들어 보겠다고 대바늘 혹은 코바늘을 들고 실을 엮어 나가다가 좀처럼 속도가 나지 않아 답답해하며 금세 흥미를 잃곤 했다. 그때마다 기껏 사 온 실과 바늘은 조용히 한구석으로 밀려났다. 뜨개질은 나에게 '실패'의 기억으로 남아 있었다.

하지만 이번에는 달랐다. 얼기설기 얽힌 네트 백은 목도리보다 쉽게 만들 수 있을 것 같았다. 내일 당장 네트 백을 들고 외출하고 싶어! 물욕이 자신감을 불어넣었다. 그리고 진짜 잘할 수 있을 것 같다는 확신이 들었다. '근거 없는 자신감'이 등장하는 순간이었다.

이 근거 없는 자신감은 엄마에게서 물려받았다. 어릴 적, 엄마는 겨울이면 늘 털실로 무엇인가를 만들었다. '누워 있는 딸의 머리가 어쩐지 허전해 보여. 모자를 떠 줘야지!' 엄마의 의식의 흐름은 아마 이랬을 것이다. 엄마는 성격이 급하고 손이 빨랐다. 하루만 지나면 뜨개질로 만든 물건이 하나씩 생기곤 했다.

미안한 말이지만, 사실 엄마의 뜨개질 작품은 어린 내가 보기에도 엉망이었다. 엄마 손에 들린 바늘은 보이지 않을 만큼 빨리 움직였지만 결과물은 조금 허술했다. 모자는 한쪽이 찌그러져 있었고, 장갑은 양쪽 크기가 달랐다.

하지만 엄마가 나를 위해 무엇인가를 만든다는 사실이, 털실이 모자가 되고 장갑이 되는 과정을 지켜보는 일이 좋았다. 그래서 한겨울이면 엄마가 만든 털모자와 장갑, 목도리로 무장한 채 외출하곤 했다. 그랬던 나니까, 조금 엉성하더라도 직접 만든 네트 백을 좋아할 게 분명했다. 뜨개질을 시작하지 않을 이유가 없었다.

엄마와 마찬가지로 나도 성격이 급한 편이다. 인터넷으로 주문한 네트 백용 뜨개실을 받자마자 나만의 선생님인 유튜브를 통해 코바늘 뜨개질을 배우기 시작했다. 코바늘을 쥐는 법조차 모르는 초보였다.

연습 삼아 네모와 동그라미를 만들었다. 실로 만든 작은 고리들이 엮이면서 모양이 만들어지는 게 신기했다. 내 손으로 만들고 있지만 믿기지 않았다. 내가 뜨개질을 하고 있다니! 그것도 어려워하지 않고!

유튜브는 따라 할 만한 영상을 단계별로 차근차근 추천해 줬지만 나는 코바늘과 실을 다루는 방법이 손에 익자마자 바로 실전에 돌입했다. 마찬가지로 유튜브에서 마음에 드는 디자인 하나를 골랐다. 그리고 네트 백이 만들어지는 과정을 눈과 손으로 조심스럽게 따라갔다.

손가락 하나가 들어갈 정도의 구멍이 반복된 형태의 네트 백을 만들고 싶었다. 맨 밑단에서 원하는 가로 길이만큼 코를 만든 뒤 같은 방식을 반복하면 되는 단순한 작업인데도, 초보인 탓에 집중력이 조금이라도 흐트러지면 처음부터 코를 풀고 다시 시작해야 했다. 기초부터 탄탄하게 배우지 않아서 더 그랬다.

가방이 어느 정도 형태를 갖추자 조금 멀리 떨어져서 네트 백을 바라봤다. 기대와 달리, 이건 바닷가에서나 쓸 법한 '그물' 그 자체였다! 결코 기대한 가방의 모양이 아니었다. 몇 시간 내내 집중해서 만든 결과물이 잘못됐다는 것을 깨닫자 눈앞이 깜깜했다. 이런 건 들고 다닐 수 있는 사람도, 들고 다니고 싶은 사람도 없을 거다. 어쩌면 당연한 결과지만 들인 시간과 정성이 아까웠다.

하지만 그냥 둘 수도 없는 상황이었다. 무엇보다 나는 여전히 네트 백을 갖고 싶었다. 그렇다면 어쩔 수 없다. 다시 시작하는 수밖에. 차분하게 마음을 다잡고 처음부터 차근차근 만들기 시작했다. 물건을 향한 욕망이 나를 이렇게까지 움직이게 했다. 다시 만든 네트 백은 꽤 그럴듯했다. 물욕의 완벽한 승리였다.

처음부터 차근차근 배워서 완벽한 무언가를 만들려고 했다면, 분명 중간에 포기했을 것이다. 당장 갖고 싶다는 물욕 80퍼센트와 그걸 내 손으로 만들고 싶다는 도전 의식 20퍼센트가 합쳐져 끝까지 해낼 수 있었다.

뜨개질 덕분에 소비하지 않고 내 손으로 만드는 기쁨을 알게 됐다. '생산'의 즐거움이다. 나는 이제 '뜨개질을 할 수 있는 사람'이 됐다. 뜨개질의 시작은 물욕이었지만 나는 물건보다 더 많은 걸 얻었다. 그 사실이 훨씬 더 기쁘다.

코바늘 뜨개질의
기본은 원형 뜨기다.

뜨개질을 처음 배울 때
원형을 만들면서
코바늘과 익숙해진다.

연습 삼아 만든 원형 뜨개질은
컵 받침이나 냄비 받침으로 쓸 수 있다!

모자는 못 돼도
바구니는 될 수 있지

산책할 때 쓸 모자가 필요했다. 머리를 감지 않았어도 편하게 눌러쓸 수 있도록 챙이 컸으면 좋겠다. 버킷 햇을 갖고 싶었는지, 아니면 뜨개질로 새롭게 무언가를 만들고 싶었는지 정확히 알 수 없지만, 버킷 햇을 만들어야겠다는 결론에 이르렀다.

모자를 뜨려고 고른 실은 면 티셔츠를 만드는 원단을 가늘게 자른 '패브릭 얀'이었다. 얇고 넓적한 이 실로 버킷 햇을 만들면 세탁하기도 편하고, 땀도 잘 흡수될 것 같았다. 실타래가 말랑말랑해서 촉감도 좋았다.

하지만 내 상상과 달리 결과물은 모자보다 단단한 그릇에 가까웠다. 패브릭 얀의 특성상 실과 실을 엮으면 훨씬 무겁고 단단해진다. 손에 잔뜩 힘을 주고 뜨개질한 덕분에 더욱 튼튼한 모양새가 됐다. 사과나 귤 같은 과일을 담아도 될 만한 안정감이었다.

혹시 몰라서 내가 만든 그릇, 아니 모자를 머리에 써 봤다. 튼튼한 바구니를 쓰고 있는 기분이었다. 아무리 '버킷'이 바구니란 뜻이라지만, 이건 아무래도 '햇'은 될 수 없었다. 한숨이 푹푹 새어 나왔다. 이렇게 실패로 끝나나? 사 놓은 실도 아까웠다. 모자 만들다가 망했다고 이대로 둔다면 처치 곤란한 존재가 될 것이 분명하다. 남편에게 모자를 만든다고 실컷 큰소리쳤는데. 가끔 빌려주겠다며 잘난 척도 했는데!

그때 옷장 맨 아래 칸에서 나뒹구는 잡동사니가 눈에 들어왔다. 우리 집에는 화장대가 따로 없어서 거울과 가까운 옷장 아래에 화장품을 세워 놓았다. 어수선한 상태의 이것들을 한데 모을 수납함이 필요하다고 생각만 할 뿐이었다. 마침 내가 만든 모자가 꽤 괜찮은 수납함이 될 수 있을 것 같았다.

실패담이 추가되는 것도 싫지만 우리 집에 쓸모없이 방치되는 물건이 늘어나는 건 더 싫었다. 그러니 버킷 햇이 될 뻔한 이것을 바구니로 만들어 보자!

새로운 목표를 달성하기 위해 열심히 짠 뜨개실을 다시 풀어야 했지만, 아쉽거나 속상하지 않았다. 필요와 쓸모를 만족시키는 새로운 대안을 마주하자 오히려 신이 났다.

뜨개질이 좋은 이유가 여기에 있다. 뜨개질은 실수나 계획 변경에도 너그럽다. 잘못됐다 싶으면 언제든 풀어 다시 만들 수 있다. 새로운 쓸모를 가진 물건으로 다시 태어날 수 있다. 수정할 기회가 있다는 게 얼마나 기쁜 일인지는 겪어 본 사람만이 안다. 쓸모를 고민하고 움직이는 사이 자신에 대한 믿음이 견고해진다. 이 정도까지 해냈으니, 다시 하면 더 잘할 수 있다는 기대도 생긴다.

한 타래의 실은 언제든지 처음으로 돌아가 새로 시작할 수 있다는 사실을 알려 준다. 목표를 바꾸고, 재도전하는 두려움을 줄여 준다.

버킷 햇이 될 예정이었던 실타래는 일련의 과정을 겪은 뒤 수납함이 됐다. 흩어져 있던 선크림, 파운데이션, 눈썹 펜슬, 립스틱, 머리 끈 등 잡동사니가 몽땅 새로 만든 수납함에 들어 갔다. 이제 화장할 때 손을 여러 번 움직여 하나하나 가져오는 대신 이 바구니 하나만 꺼내면 된다. 적당히 크고 단단한 수납함은 지금도 옷장 맨 아래 칸에서 쓸모를 다하고 있다.

다시 시작하고 싶어도 그럴 수 없는 순간이 얼마나 많은가. 그래서 뜨개질이 더 다정하고 친절하게 느껴진다. 과정이 절대 다정하지만은 않고 실패도 겪지만, 멈추지 않고 계속하다 보면 결국 무언가가 만들어진다. 내 손으로 만든 무언가가.

만드는 사람의 마음

· ·

아홉 살 때 나이 차이가 많이 나는 사촌 오빠에게서 인형을 선물받았다. 50센티미터 정도의 꽤 큰 여자아이 인형이었다. 인형이 너무 좋았던 나머지 포장 상자에 인쇄된 사진을 오려, 작은 종이 인형도 만들었다. 어린 나는 그 작은 종이 인형이 퍽 마음에 들었다. 종이 인형을 다른 장난감과 함께 가지고 놀고 싶었다. 고민 끝에 종이 인형을 진짜 인형으로 만들어 보기로 했다.

엄마 화장대에서 로션 샘플 통을 가져왔다. 로션이 반 정도 남아 있어 무게 중심도 잘 잡혔다. 상자에서 인형의 뒷모습 사진도 오려 로션 통 앞뒤로 붙이자, 혼자서도 설 수 있는 작은 인형이 완성됐다. 그 인형을 종이가 너덜너덜해질 때까지 가지고 놀았다.

어릴 때부터 무언가 만들기를 좋아했다. 꼼꼼하지 못하고 덜렁대는 성격이라 '잘' 만드는 것은 아니었다. 만드는 행위와 내 손으로 만들어 낸 결과물 자체가 좋았다. 그러다 대학교 조소과에 입학해 온갖 만들기를 섭렵하다 보니 어느 순간에는 지긋지긋해지기도 했지만.

나는 어느덧 '만드는 사람'이 됐다. 계절을 타지 않는 가방이 필요할 때도 자연스럽게 직접 만들어 보기로 했다. 우선 나일론 재질의 검은색 원단 한 마를 구입했다. 다음은 디자인이다. 내 소지품을 떠올리면서 크기와 형태를 고민했다.

자주 들고 다니는 것은 휴대 전화, 카드 지갑, 립밤, 텀블러다. 이왕이면 책도 한 권 들어가면 좋겠다. 여러 가지 원하는 조건을 떠올렸다. 고객도 나, 만드는 사람도 나였다. 요청 사항을 다 적용해 보니 두꺼운 어깨끈이 달린 숄더백이 그려졌다.

책상에 원단을 깔고, 스테인리스 자와 흰 색연필로 단순한 네
모 몇 개를 그렸다. 초보자는 감히 복잡하고 완벽한 패턴을
그려서는 안 된다. 무조건 직사각형 모양으로 딱 떨어지는 가
방을 만들어야 한다.

바느질을 최소화하기 위해 앞면과 뒷면은 연결해 길게 잘
랐다. 나일론 원단은 얇으니까 두 겹으로 튼튼하게 만들고 싶
었다. 같은 크기로 한 장 더 잘라 냈다. 그다음 바느질할 위치
에 선을 긋고, 시침 핀으로 시침질을 했다.

뜨개질처럼 바느질도 기본만 할 줄 안다. 그래도 뜨개질보다
바느질이 더 쉬울지 모르겠다. 박음질만으로도 가방 정도는
만들 수 있으니까. 완성도에 대해서는 단 한마디도 하고 싶지
않다. 완성 자체가 목표다! 집중력을 한데 모아 한 땀 한 땀 박
음질을 해 나갔다.

원단은 어느새 무언가를 담을 수 있는 상태가 됐다. 갑자

기 기대치가 확 올라갔다. 그럼에도 아직 갈 길이 멀었다. 가방을 내 몸에 대면서 어깨끈의 적당한 길이를 찾았다. 내 키에 맞춰 너무 길지도 짧지도 않고, 두꺼운 외투를 입었을 때도 끼지 않아 어깨에 부담 없이 걸칠 수 있으면 좋겠다. 그리고 또 박음질.

몸통을 만들 때보다 가방끈과 몸통을 연결하는 데 더 오래 걸렸다. 자신감이 붙어 색실로 멋을 부리다가 실패했기 때문이다. 실을 전부 뜯어내고 검은색 실로 다시 바느질해 웬만큼 무거운 걸 넣어도 버틸 만큼 튼튼하게 연결했다.

5,000원짜리 원단으로 놀랍게도 하루 만에 가방 하나가 뚝딱 완성됐다. 심지어 남은 원단으로 같은 모양의 가방을 하나 더 만들 수도 있다. 가방 입구에 달 지퍼도 사 놓긴 했지만 내 실력으로 할 수 있는 일은 아닌 것 같아서 일단 포기했다. 입구는 항상 열려 있지만 들고 다니는 데는 전혀 지장이 없으니까 괜찮다.

취향에 꼭 맞춰 만든 가방을 처음 들고 나간 날, 얼마나 짜릿했는지 모른다. 누구를 만날 때마다 내가 만든 가방이라고 자랑했다. 이름 있는 디자이너 브랜드도, 비싼 것도 아니지만 직접 바느질해서 만든 가방이라는 사실이 내게는 무엇보다 의미 있었다.

검은색 원단에 검은색 실을 써서 바느질 선이 보이지 않기 때문에 자세히 보지 않으면 꽤 꼼꼼하고 튼튼하게 만들어진 것 같다. 직접 만들었다는 말에 감탄했다가 자세히 들여다보곤 피식피식 웃는 사람도 있다. 실력이 금세 들통나 버린 것이다. 그래도 나는 너무도 자랑스러운걸!

나는 이제 직접 만드는 일을 겁내지 않는 사람이 됐다. 덕분에 얻은 것은 '선택권'이다. 일단 꼭 필요한지 생각해 보고 살 것인가, 만들 것인가를 선택한다. 만드는 경험과 성취감이 쌓이자 '나도 할 수 있다'는 용기도 갖게 됐다.

이제는 내게 찾아오는 자신감을 근거 없는 자신감이라고 치부하지 않는다. 지금까지의 경험과 시행착오의 과정 하나

하나가 바로 자신감의 원천이다.

나에게는 근거 있는 자신감이 있다!

뚜렷한 이유나
근거가 없더라도,
나에게 찾아와 주는 자신감은
언제나 반갑다!

우리 집 천장에는 커다란 LED 전등이 달려 있지만 웬만하면 켜지 않았다. 마음에 드는 구석이라고는 하나도 없기 때문이다. 새하얗다 못해 푸르뎅뎅한 불빛은 눈을 더욱 피로하게 만들었다. 디자인도 예쁘지 않다. 조명에 왜 하필 화초를 그려 두었을까? 게다가 모든 방에 달려 있다.

전등을 바꾸려 시도도 해 봤다. 하지만 커다란 조명을 치우면 그 자리의 못 자국을 가리기 위해 천장 도배를 다시 해야 한다. 또 내 집이 아니라서 떠날 때 원상 복구를 해야 한다. 전등을 잘 보관해 두었다가 다시 달고 가야 한다는 뜻이다. 벌써 귀찮다. 게다가 전등을 떼면 둘 장소가 필요한데 소중한 수납공간을 필요 없는 전등에 내어 주고 싶지 않았다. 그냥 이 집에 사는 동안 전등을 없는 셈 치고, 은은하고 따뜻한 분위기를 만드는 작은 간접 조명을 사서 켜 두기로 했다.

거실에는 스탠드 조명을 세워 두고 싶었다. 몇 달간 조명을 찾다가 드디어 마음에 드는 것을 '발견'했다. 정확히 말하면 조명을 계속 검색하다 보니 관련 광고가 떴다. 하나의 전구로도 색을 바꿔 공간을 여러 분위기로 만들 수 있는 조명이었다. 돈 쓸 준비가 된 예비 소비자는 광고가 반갑기까지 했다.

청소기와 헤어드라이어로 유명한 기업에서 만든 그 조명은 100만 원이 훌쩍 넘었다. 비쌌지만, 엄청나게 많은 조명을 봤기 때문에 확신할 수 있었다. 이만한 조명을 찾을 수 없다!

홀린 듯 공식 온라인 판매처를 찾아갔다. 고가임에도 이미 품절이었다. 마음이 급해져 재입고 알림까지 신청했다. 사고 싶다. 아니 사야 한다. 좋은 조명이 생기면 내 소중한 눈이 덜 피곤해질 터였다. 그렇게 따지면 비싼 게 아니라고 합리화

했다.

며칠 뒤, 조명이 재입고됐다는 문자 메시지를 받았다. 드디어 살 수 있다! 하지만 나는 그제야 이게 옳은 소비일까 고민하기 시작했다. 스탠드 조명을 사려고 한 이유가 뭘까? 단지 꼴 보기 싫은 천장 전등 때문이었다. 전등을 올려다봤다. 노려봤다는 말이 더 정확하겠다. 비싼 조명이 필요한 게 아니라 원래 전등을 대체하려던 것뿐이었다.

그렇다면 새 조명이 아닌 내 힘으로 변화를 줄 수 있지 않을까? 그때 번뜩, 굳이 비싼 조명을 사지 않아도 될 방법이 떠올랐다. 조명 커버를 직접 만드는 것이다.

집에서 놀고 있는 광목 원단을 꺼냈다. 오픈형 옷장을 가리는 데 쓰고 남은 것이었다. 언젠가 유용하게 사용할 수 있을 것 같아 버리지 않고 보관했는데, 그게 바로 지금이었다. 이 원단으로 마음에 들지 않는 조명의 외관은 가리고, 빛은 새어 나오도록 하는 게 작업의 목표다.

전등 아래에 적당한 공간을 만들고, 원단 모서리에 각각 후

크 핀(꼭꼬 핀)을 달았다. 광목 원단은 염색이나 표백을 하지 않아 아이보리색을 띤다. 조명을 덮자 빛이 은은하고 따뜻하게 새어 나왔다. 바닥에 누워서 천장을 올려다봐도 눈이 부시지 않았다. 보기에도 좋았다.

심지어 원단을 깔끔하게 자르지도 않았다. 눈대중으로 대충 자른 탓에 삐뚤삐뚤한 모양인데다 마감도 깔끔하지 않았다. 그렇다 하더라도 원래 상태보다 좋았다. 그렇게 스탠드 조명을 살 이유는 사라지고, 전등은 다시 자신의 역할을 하게 됐다. 그리고 나는 100만 원을 아꼈다.

이제는 마음에 들지 않는 물건을 무작정 새 물건으로 바꾸기보다 내 손으로 변화시킬 방법이 있는지부터 찾는다. 소나무 원목 소재의 오픈형 옷장도 이렇게 바꿨다. 옷장은 모든 용도에서 완벽했지만, 다른 가구들과 색이 어울리지 않았다. 고민 끝에 원목 스테인(나무에 색을 입히는 페인트)을 구입해서 여러 번 덧발랐다. 그랬더니 혼자 튀어 보였던 옷장이 다른 가구들과 한 세트처럼 자연스럽게 어우러졌다. 만 원 조금 넘는 돈으로 새로운 가구를 들인 기분이었다.

집에 물건을 들일 때마다 신중하게 고민하지만, 막상 사고 나면 기대와 다른 경우가 많다. 기대에 못 미치는 전자 제품, 예상과 다른 느낌의 가구 등 손이 가지 않는 물건도 있다. 그때마다 물건을 버리고 새로 살 수는 없다. 더 나은 물건을 기대하며 바꾼다 해도 만족스럽다는 보장도 없다. 오랜 시간 고민한 물건이라도 마음에 꼭 든 적은 별로 없었다. 어쩌면 우리를 만족시킬 완벽한 물건은 없을지도 모른다. 그렇기 때문에 새로 사는 것이 해결책이 될 수는 없다. 나는 사지 않는 쪽을 택하기로 했다. 아쉬운 마음이 든다면, 대체품을 찾는 대신 내 손으로 취향에 맞게 바꾸고 싶다. 삐뚤삐뚤 허술한 손길이라도 괜찮다는 관대한 마음으로.

없어서 오히려 좋았던 것

봄이 오면 자연스럽게 소풍에 대한 기억이 떠오른다. 소풍날
은 목적지가 어디든 설렜다. 내 가방이 도시락과 간식, 음료
수로 가득 채워져 있었으니까. 그것만으로도 소풍은 즐겁고
좋은 날이었다.

소풍날 아침에는 어김없이 집 안이 고소한 참기름 냄새로
가득했다. 나는 누가 깨우지 않아도 벌떡 일어났다. 김밥을
먹으려고! 엄마가 일찍 일어나서 싸 준 김밥을 먹을 생각에
버스가 소풍 장소로 출발하기 전부터 배가 고프기 시작했다.
나는 김밥을 좋아하는 어린이였고, 김밥을 좋아하는 어른으

로 자랐다.

나는 김밥이 대충 한 끼 때우는 음식으로 치부되는 것이 진심으로 속상한 '김밥 러버'다. 김밥은 그런 대접을 받아선 안 된다. 김밥을 만드는 데 얼마나 많은 정성이 필요한데! 김밥이 얼마나 영양 가득하고, 맛있고, 사랑스러운 음식인데!

　김밥은 뭐니 뭐니 해도 집에서 만들어 먹어야 제맛이다. 물론 사 먹는 것도 맛있지만 직접 만드는 걸 더 좋아한다. 도마에 대나무 발을 올리고, 김 한 장을 잘 편 뒤 밥과 속 재료를 올려 말면 완성! 힘을 골고루 분배해서 말고 썰어야 터지지 않고 예쁜 김밥이 만들어진다.

　내가 원하는 양만큼 밥을 퍼서 간하고 정성스레 준비한 속 재료를 김으로 둘둘 말아 입에 넣었을 때, 내가 생각한 그대로의 맛이 느껴지면 공들인 힘도 시간도 가치가 생긴다.

단단한 김밥을 만들기 위해서는 얇게 자른 대나무를 실로 엮은 김발이 있어야 한다고 당연하게 믿어 왔다. 김밥을 자주 만들어 먹는 우리 집에서는 김발이 필수품이었다.

호주에 살다가 한국으로 돌아왔을 때, 집 근처 상점에서는 의외로 대나무 김발을 팔지 않았다. 대신 얇고 맥없이 흐물거리는 실리콘 김발이 그 자리를 차지하고 있었다.

아쉬운 마음에 그거라도 사 왔지만 손에 익숙지 않아서인지, 실리콘 김발으로 만든 김밥은 어딘가 납작했다. 엉성한 모양은 내 탓이려니 하고 너그럽게 이해할 수 있었지만, 실리콘 김발을 좋아할 수 없는 이유가 더 있었다. 실리콘에 묻은 기름기가 개운하게 닦이지 않았다. 아무리 닦아도 끈적거렸다. 대나무 김발이 그리웠다. 단단하고 예쁜 김밥이 만들어지고, 쓱싹쓱싹 잘 닦이는 그것이!

며칠 뒤 또 김밥이 먹고 싶었다. 김밥 재료는 다 있었다. 대나무 김발만 빼고. 인터넷으로 김발을 주문하려고 했는데, 이렇게 빨리 김밥이 먹고 싶어질지 몰랐다. 차라리 손으로 김밥을 말아야겠다고 생각했다. 도마에 김을 올리고, 밥 한 주먹을 곱게 폈다. 단무지, 달걀, 맛살, 당근……. 재료를 가지런히 올리고 조심스럽게 힘을 줬다. 실패할 줄 알았는데 웬걸, 의외로 깔끔하게 마는 데 성공했다. 김밥의 단면도 예뻤다. 맛은 말할 필요도 없었다. 몇 줄을 더 말았다. 맨손으로 김밥을 말 수 있다니! 짜릿하고 통쾌한 성취감을 맛봤다. 성가신 설거짓거리도 하나 줄었다.

'김밥을 맨손으로 만드는 사람'이 된 뒤 우연히 김밥을 하루에 수백 개씩 만들어 판다는 김밥 달인의 영상을 봤다. 뚱뚱한 김밥을 순식간에 마는 모습을 홀린 듯 지켜보다가 한 가지 놀라운 점을 발견했다. 김밥 달인도 나처럼 김발 없이 김밥을 말았다. 김밥 달인에게 묘한 동질감을 느꼈다. 내가 김밥 달인이라도 된 것 같았다. 김발 없이도 김밥을 만드는 데 아무 문제가 없다는 사실을 확인받는 순간이기도 했다.

맨손으로 김밥을 말 수 있다는 게 그리 특별한 일인가 싶겠지만, 나에게는 아주 실용적이고 매력적인 능력이다. 아무도 축

하해 주지 않을 테지만, 모두에게 자랑하고 싶다. 대단한 능력이 아니더라도, 내가 특별하게 여긴다면 그것은 특별한 능력이 맞다.

가끔 실패해도 괜찮아

나라고 만들기에 매번 성공하는 것은 아니다. 한번은 안 입는 연두색 니트를 다시 입고 싶어서 무모한 선택을 하고 말았다. 니트를 조끼로 만들어 입겠다는 계획이었다. 입지 않는 니트를 어떻게든 다른 것으로 재창조하고 싶었는지도 모르겠다. 우선 니트 리폼 영상을 검색해 봤다. 꽤 많다. 그렇다면 나도 할 수 있겠지?

그야말로 근거 없는 자신감이었다. 그날로 돌아간다면 나를 말리고 싶다. 이번만큼은 그대로 두는 편이 좋다고, 내가 감히 손댈 것이 아니라고 알려야 한다. 하지만 나는 일을 내고 말았다. 한쪽 팔을 과감하게 가위로 싹둑 잘랐다. 실밥이 여기저기 흩어졌다. 니트를 옮길 때마다 실이 계속 풀어졌다. 뭔가 한참 잘못됐다는 사실을 깨달았다.

완벽한 실패였다.

　분명 영상 속 선생님의 시범은 쉬워 보였는데……. 가위질 한 번에 못 입을 옷이 돼 버렸다. 심지어 거기서 멈추지 않고 다른 한 팔마저 잘라 내고 나니, 더 이상 손댈 수 없는 지경이 됐다. 나는 자른 소매를 괜히 만지작거렸다.

니트는 그렇게 나와 헤어졌다. 하지만 괜찮은 실패였다. 계속 성공만 했다면 지금쯤 나는 겁도 없이 내 손으로 집을 짓겠다며 큰소리치고 있을 테니까. 당분간 옷 리폼에는 도전하지 않기로 마음먹었다. 하지만 나는 여전히 만들기를 겁내지 않는 사람이다. 끝없이 내 손으로 무언가를 만들어 내고 있다.

✳ 면 원단으로 목도리 만들기 ✳

면 원단을 구입한다.
크기: 90 × 180 cm
✽ 후드티 소재

뒷면이 앞으로 오게
반으로 접는다.

뒤집어 줄 여유 공간을
남겨 두고 박음질 한다.
(재봉틀 또는 손바느질)

남겨 둔 틈으로 원단을
뒤집고,
틈을 바느질로 막아 준다.
간단하게 목도리 완성!

☀️ 코바늘로 카드 지갑 만들기 ☀️

준비물 : 뜨개 실, 코바늘, 머리끈

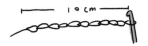

사슬뜨기로 10cm 길이의 코를 만든다.

짧은 뜨기로
쌓아올린다.

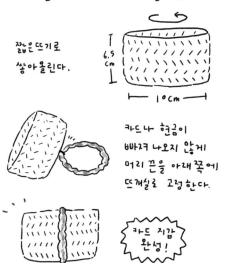

카드나 현금이
빠져 나오지 않게
머리 끈을 아래쪽에
뜨개실로 고정한다.

카드 지갑
완성!

(임시로 쓰려고 만들었는데 2년째 잘 쓰고 있다.)

☀ 텀블러 가방 만들기 ☀

준비물 : 뜨개실, 코바늘, 텀블러

텀블러

├ 7cm ┤

├ 7.5cm ┤

가방 밑판

코바늘
짧은뜨기로
원을 만든다.

밑판

18cm

한 길 긴 뜨기로
그물망처럼
쌓아 올린다.

가방 양쪽에
원하는 길이만큼 사슬을
만들고 짧은뜨기로 떠 준다.

여행, 등산, 산책 등
야외 활동에 함께할
텀블러 가방 완성!!

내가 만든 최초의 물건 :	내가 만든 것 중 지금도 잘 사용하는 것 :	내가 가장 잘하는 요리 :
친구들에게 대접할 때 만드는 음식 메뉴 :	☆ ☆ **내 손으로 할 수 있는 일의 목록**	'이것만큼은 손재주가 있다' 하는 분야 :
낙서할 때 주로 그리는 것 :	스트레스 받을 때 꼭 하는 일 :	나만의 사소하지만 특별한 능력 :

내가 가진 능력을 마음껏 자랑해 봅시다!

덕분에 내 우주는 매일 다채로워요

허술하고 빈약해도

충분한 내 홈 카페

집에 그럴싸한 홈 카페를 만들고 싶다는 욕망이 생겼다. 잠에서 깨자마자 주방으로 가 기분에 따라 커피콩을 고르고, 향긋한 커피 향을 즐기는 우아한 아침을 보내고 싶었다.

번듯한 홈 카페를 완성하기 위해서는 일단 커피 머신이 필요했다. 하지만 부피가 크고 세척도 번거로워서 탈락. 그렇다면 이탈리아에서 건너온 모카 포트는 어떨까? 모카 포트는 필터 등 부자재 없이 원두 가루만 있으면 커피를 내릴 수 있으니 간편하다. 세척은 번거롭지만 귀찮음을 이겨 낼 만큼 예쁘다. 아주 의미 없는 고민이었다. 생각해 보니 어차피 집에서 커피 잘 안 마시는데?

나는 아침마다 커피를 꼭 마셔야 하는 사람은 아니다. 커피를 좋아하나, 이 세상에서 좋아하는 음식 단 하나를 고르라면 그게 커피는 아니다. 그렇지만 카페는 아주 좋아한다. 동네에 새로운 카페가 생길 때마다 설렌다. 어떻게 꾸며질지, 어떤 디저트를 팔지, 어떤 분위기의 장소가 될지 기대한다. 카페에 앉아 몇 시간을 보내기도 한다.

커피가 아니라 카페가 좋아서 홈 카페를 열고 싶었다. 맛있는 커피가 없어도 괜찮은 홈 카페! 고민 끝에 내 취향에 맞는 공간을 마련했다. 홈 카페라는 이름을 붙여도 될지 모르겠지만 일단 메인 메뉴는 있다. 얼그레이 홍차로 만드는 밀크티다.

처음 밀크티의 매력에 빠진 것은 멜버른에서 그레이트 오션 로드 투어를 할 때였다. 나무 위에 야생 코알라가 자고 있는 어느 공원에서 쉬는데, 호주인 가이드가 간식으로 쿠키와 밀크티를 줬다. 커다란 보온병에 든 따뜻한 물을 각자의 플라스

틱 컵에 따라 주면 관광객들은 홍차 티백을 넣은 후, 기호에 맞게 우유를 첨가해 마셨다. 평소라면 우유를 붓지 않고 차만 마셨을 테지만 호주에 왔으니 이곳의 문화를 경험해 보고 싶었다. 다른 사람을 따라 설탕도 잔뜩 넣었다. 꽤 맛있었다. 처음에는 어릴 적 싫어했던 캔 홍차 맛처럼 느껴졌지만, 씁쓸하고 부드럽고 달달한 맛이 어우러져 매력적이었다. 그 뒤로 카페에 가면 커피보다 홍차를 주문했고, 함께 나오는 우유와 각설탕을 넣어 꼭 밀크티로 만들어 마셨다.

그때부터 시작된 밀크티 사랑이 지금까지 이어지고 있다. 이제는 사 먹는 것으로도 부족해서 내 입맛과 취향에 맞게 집에서 밀크티를 만들어 마신다. 홍차에 물보다 우유를 더 많이 넣어 아주 진하고 고소한 것이 특징이다.

　티백으로 된 찻잎을 사 먹다가 최근엔 아예 틴 케이스에 든 찻잎을 샀다. 틴 케이스는 예쁘기도 하지만 찻잎을 먹을 만큼만 덜 수 있어 좋다. 티백보다 쓰레기도 덜 생긴다.

찻잎을 사탕처럼 생긴 차망에 담아 머그잔에 무심히 둔다. 컵 바닥에 까만 찻잎 가루가 떨어지지만 먹어도 괜찮다. 애초에 고개를 완전히 꺾어 마시지 않는 이상 밑바닥의 가루를 먹을 일은 거의 없다. 그사이 냄비에 우유를 데운다. 차가 까맣게 우러나면 설탕을 넣고, 머그잔에 우유를 조심스럽게 따른다. 우유를 너무 많이 넣으면 차 맛이 제대로 나지 않으니 색을 잘 봐야 한다. 밝은 베이지색 정도를 추천하지만, 나는 진하게 먹는 걸 좋아해서 우유를 커피믹스 색이 날 정도로만 넣는다.

여러 명에게 대접할 때는 냄비를 사용한다. 큰 차망이 있다면 좋겠지만, 나는 그냥 냄비에 찻잎을 바로 넣고 중불에서 끓인다. 물이 살짝 졸았을 때 찻잎을 체로 거르고, 각설탕을 사람당 네 조각씩 계산해서 넣는다. 각설탕이 녹으면 우유를 붓고, 좀 더 끓여 주면 완성!

시크하게 국자로 머그잔에 옮겨 담는 것이 우리 집 카페의 특징이다. 여기가 식당인지, 홈 카페인지……. 어쨌든 자, 홈 카페의 메인 메뉴이자 유일한 메뉴가 완성됐습니다!

메뉴가 단출하니 우리 집 카페에는 커피 머신도, 여러 종류의 커피콩도, 예쁜 머그잔도 없지만 손님을 위해 정성스럽게 홍차를 우리고 우유를 끓여 완벽한 맛을 만드는 카페 주인은 있다(바로 나!). 기분 좋은 밀크티 한 잔을 위해 정성을 다하는 주인장이 우리 집 카페의 유일한 자랑이다.

카페 주인으로서 심혈을 기울여 고른 것 중 하나는 밀크티에 넣을 각설탕이다. 황설탕으로 만들어진 데다가 값도 다른 설탕보다 비싸, 큰맘 먹고 구입한 것이다. 요리할 때 쓰는 가루 설탕을 사용해도 상관없지만 이 각설탕을 넣으면 밀크티의 맛이 한층 더 깊어진다. 무엇보다 마실 때 확실히 기분이 더 좋다. 각설탕은 넣으면 넣을수록 맛있지만 나는 건강을 위해 한 잔당 네 조각이라는 적당한 선을 지키고 있다(너무 많이 넣는 건가?).

믹서기도 있다. 덕분에 종종 새로운 메뉴가 등장한다. 바닐라 아이스크림과 우유를 넣고 갈면 밀크셰이크가, 바나나와 우유를 함께 갈면 바나나 우유가 된다. 집에 남은 과일로 제철 과일 음료를 만들기도 한다. 없는 게 많지만 내 마음에 쏙 드는 이 홈 카페에서 나는 차를 마시고, 글을 쓰고, 그림을 그린다. 서울 근교의 전망 좋은 카페가 부럽지 않다. 아주 잠깐이라도!

엄마는 우리 집에 올 때마다 인스턴트커피를 한 뭉텅이씩 가져온다. 이 집은 마실 게 없다면서 식사 후에 마실 커피를 직접 챙겨 오는 것이다. 마실 게 없다니. 내 홈 카페엔 대표 메뉴인 밀크티가 있고, 부드러운 밀크티도 있고, 또 달달한 밀크티도 있는데!

✳ 1인용 밀크티 만드는 법 ✳

① 찻잎을 차망에 담는다.

② 컵에 차망을 넣는다.
   뜨거운 물을 부어 우린다.

③ 각설탕을 넣는다.

④ 우유를 냄비에 데운다.

⑤ 컵에 우유를
   부어 준다.

⑥ 밀크티 완성!

쓰는 사람의 마음

· ·

문구점에 가면 수첩 코너에서 오랜 시간 머물게 된다. 어릴 때부터 문구점에서 가장 애정이 가는 물건은 귀여운 소품도, 색색의 펜도, 인형도 아니었다. 살 것도 아니면서 괜히 이 수첩, 저 수첩을 들었다 놨다 하며 구경했다. 문구점에 한번 갈 때마다 고작 500원짜리 작은 수첩 하나를 사 왔지만 그게 내 즐거움이었다.

노트를 제대로 쓰기 시작한 것은 스무 살부터다. 열아홉 살의 나는 지원했던 모든 대학교에 불합격했다. 당연히 대학생이 되리라 생각했던 스무 살에 패배감을 맛보게 된 것이다.

성인이 된 기쁨은커녕 복잡하고 어두운 감정이 가득 찼지만, 엉망이 된 마음을 누구에게도 시원하게 내뱉지 못했다. 그때 책상 맨 아래 서랍에 모아 둔 빈 노트를 꺼냈다.

노트에 아무 말이나 썼다. 내 감정을 구구절절 써 내려갔다. 그러고 나면 마음이 조금 진정됐다. 마치 엉엉 소리 내 운 것처럼 개운했다. 친한 친구들과도 연락을 끊고 혼자만의 시간을 보낸 당시의 나에게 노트는 무엇보다 중요한 존재였다. 별일 아니라는 듯이 실패를 훌훌 털고 일어나는 편이 더 근사했겠지만, 나는 멋쟁이가 아니었다. 하지만 노트 덕분에 무사히 그리고 겨우 그 시기를 견딜 수 있었다.

그 뒤로 노트를 늘 가지고 다녔다. 한창 감수성이 풍부한 20대 초반, 내 안의 감정을 자꾸만 내뱉고 싶었다. 집에서 학교까지 왕복 네시간 가까운 거리를 대중교통으로 통학한 나는, 재수생 시절처럼 누구에게도 말하고 싶지 않은 사소하고 이상한 생각들을 노트에 적었다.

버스 차창 너머로 보이는 것, 문득 생각난 것, 그날 있었던 일을 썼다. 내 속마음도 썼다. 짧게 몇 줄로 그칠 때도 있었지만, 몇 페이지를 연달아 쓰기도 했다. 버스에서 글을 쓰며 하루를 마무리 한 셈이다. 노트에 시간을 쏟다 보면, 어느새 집에 도착했다.

당시 자주 사용한 노트는 표지가 책처럼 디자인돼 있지만 내지는 비어 있었다. 작은 건 1,000원, 큰 건 2,000원, 가격도 저렴했다. 언뜻 보면 외국 소설책처럼 보이는 노트의 이름은 'THE NOTHING BOOK'이었다. 노트를 각자의 책으로 만들어 가라는 의미였다. 싸고 유용하고 가벼운, 내게는 완벽한 노트였다.

노트에 남긴 기록은 내게 단순한 추억이 아니다. 어디로 가야 할지 고민될 때 펼쳐 보는 미출간 에세이나 다름없다. 마음이 흔들릴 때마다 꺼내 보는 어느 작가의 책처럼 나는 때때로 내 노트들을, 그리고 지나간 시간을 읽는다. 그곳에는 내가 어떤 감정을 느끼며 살아왔는지와 과거의 비슷한 상황을 어떻게 이겨 냈는지가 기록돼 있다. 과거의 내가 지금을 사는 나에게 용기와 힘을 준다. 비슷하게 어려운 일을 겪은 과거에도 나는 계속 나아가고 있었다는 걸 일깨워 준다. 내가 하는 모든 일이 지금 당장은 기대에 못 미칠지라도, 꾸준히 해 나가면 미래에는 괜찮은 결과물이 되리라는 기대감을 품게 한다. 그래서 나는 계속 쓴다.

이제 글 쓰는 일이 당연하고, 익숙하다. 떠오르는 생각을 놓치기 싫어서 기록할 수 있는 것을 손에 쥐고 산다. 대신 지금은 스마트폰 메모장에, 아이패드 노트 앱에, 맥북의 문서 프로그램에 쓴다. 종이 노트의 활약은 전보다 줄었지만 괜찮다. 이미 나는 쓰는 사람이 됐기에, 작은 마음이나 스쳐 지나가는 생각을 놓치지 않으려는 사람이 됐기에.

초등학교 저학년 때
쓴 일기장.

내가 쓴 일기 아래에는
담임 선생님의 짧은 소감과
검사 도장이 찍혀 있다.

일기 쓰는 게
숙제였던 시절……

지금 생각해 보면 선생님이
내 일상 기록과 생각, 마음을
'검사'한다는 게 이상하기도 하지만

검사받기 위해서라도
쓰지 않았다면 이런 기록을
가질 수 없었을 테니 지금은
기쁘게 생각한다.

소중   소중

작은 것들을 모은

나만의 힐링 스폿

오랜만에 신혼여행 때 찍은 영상을 봤다. 벌써 5년 전이다. 아련한 기분으로 호텔 수영장에서 헤엄치며 노는 장면을 보는데, 내 손이 어딘가 어색하다. 왼손 엄지손가락과 집게손가락이 계속 붙은 채다. 손을 다치기라도 한 건가? 하지만 손가락을 다친 기억은 없었다. 어느새 나는 신혼여행지의 아름다운 풍경이나 풋풋했던 남편과 내 모습이 아닌, 손가락에만 집중하게 됐다.

장면은 호텔 앞 바닷가로 바뀌었지만, 거기에서도 손 모양은 계속 어색했다. 그날 무슨 일이 있었던 걸까? 그때 두 손가락 사이에 있는 무언가를 발견했다. 고둥이었다. 그걸 보자마자 호텔 근처에서 주운 고둥을 물놀이 내내 들고 다녔던 기억이 떠올랐다. 나중에는 어떻게 됐는지 모르겠지만 그 작은 걸 한참 동안 손에 꼭 쥐고 다닌 내가 웃겨 피식 웃음이 났다. 추억 삼아 집에 가져오고 싶었던 걸까? 어쨌거나 나다운 행동이다. 유독 작고 귀엽고 하찮은 것에 마음이 가고, 애정이 생긴다. 그런 걸 좋아하는 게 나다! 그게 고둥이든 돌멩이든 말이다.

내 책상 스탠드 아래에는 '힐링 스폿'이라고 이름 지은 조그만 공간이 있다. 여기에는 특별히 좋아하는 작은 것들만 모아 두었다.

  힐링 스폿은 돌멩이 하나로 처음 만들어졌다. 잠깐 경상남도 하동에 살던 초등학교 1학년 때 섬진강에서 주운 것이다. 똑같이 생긴 돌들 사이에서 유독 작은 돌 하나가 누군가 일부러 갈고 닦은 듯 반짝거리고 있었다. 나처럼 귀여운 것을 좋아하는 사람이라면 누구든 만져 보고 싶을 만큼 반질거리는 돌이었다. 어린 나는 자연의 힘과 시간으로 만들어진 그 결과물을 주워 상자에 보석처럼 소중하게 보관했다.

문득 이렇게 상자에만 넣어 두면 언젠가 존재 자체를 잊을까 봐 걱정됐다. 더 자주 보고 싶었다. 예쁜 건 자주 볼수록 좋으니까! 그래서 내가 가장 오랜 시간을 보내고, 시선이 자주 닿는 곳에 올려 두고 감상하기로 했다. 그것이 힐링 스폿의 시작이다.

조약돌 옆에는 충동구매로 산 작은 미키마우스 빈티지 시계가 놓였다. 너무 작아서 시간이 잘 보이지 않는 게 특징이다. 하지만 이보다 더 귀여운 시계는 본 적이 없다. 그것만으로도 이 시계는 이미 큰 역할을 하고 있다. 힐링 스폿의 '비주얼 멤버'다.

제주도 출신의 성게 조각도 있다. 제주도 여행 중 광치기해변을 거닐다 주운 것이다. 예쁜 돌멩이도, 색색의 조개껍데기도 많은 해변에서 나는 또 본능적으로 무언가를 줍고 싶었나 보다. 해변을 '탐색'하다가, 낯선 물체를 하나 발견했다. 작은 호빵 같은 모양에 딱딱한 돌기가 있고, 가운데 구멍도 나 있었다. 이게 대체 뭐지? 그걸 주워서 집까지 가져왔다.

정체도 모르면서 귀엽고 예쁘니까 사람들에게 자랑하고 싶었다. 영락없는 현대인이다. SNS에 사진을 올리며 이것의 정체를 물었다. 친절하고 박식한 사람들이 '성게 뼈'라고 알려줬다. 뼛조각인 줄도 모르고 '힐링' 스폿에 두다니! 당황스러웠지만 여전히 마음에 들었다. 내가 이것을 발견하고 줍지 않았다면, 뾰족뾰족한 가시에 숨겨진 성게의 진짜 모습은 평생 몰랐을 테다.

이렇게 작고 하찮으며, 무엇보다 좋아하는 물건을 생활 반경에 모아 두고 기분이 좋지 않을 때마다 본다. 바라보고 있으면 어쩐지 마음이 편안해지고, 빠르게 기분 전환이 된다. 그래서 힐링 스폿이라는 이름까지 붙였다.

각각의 이야기를 지닌 작은 존재들이 내 마음을 위로한다. 부정적인 마음이 피어오를 때마다 나만의 작은 안식처를 내

려다본다. 손바닥만 한 공간의 물건만으로도 나는 행복을 느
낀다.

✵ 내 힐링 스폿 ✵

↖ 돗자리도 만들었다.

보기만 해도
기분이 좋아져.

새로운 설렘을 위해

단어를 모읍니다

대학교 4학년 때였다. 친한 선배가 진지한 얼굴로 국어사전을 읽고 있었다. 과제로 새로운 단어를 수집하는 중이라고 했다. 미술 작품을 전시할 때, 작가의 생각과 의도를 제대로 전달하기 위해 '작가 노트'나 '작가의 말'을 덧붙인다. 자신의 생각을 풍부한 어휘로 정확하게 전달할 수 있도록 국어사전에서 새로운 단어를 찾아보라는 게 교수님의 의도였다. 선배는 국어사전을 꼼꼼히 살피며 어렵고 멋진 단어를 수집해 노트에 옮겨 적고 있었다.

당시에는 그 과제가 이해되지 않았다. 쉬운 단어, 널리 쓰이는 좋은 단어가 많은데 일부러 낯선 단어를 찾아, 작품을 설명할 이유가 있을까? 가뜩이나 미술을 어렵다고 여기는 사람이 많은데, 작가 노트에까지 어려운 단어를 써야 하나? 나는 그때나 지금이나 미술의 문턱이 낮아야 더 많은 사람이 멋진 미술을 즐기고, 좋아할 수 있다고 생각한다. 생소한 단어로 채워진 작가 노트와 난해한 작품을 계속 마주하면 미술에 거리감이 생길 게 뻔했다. 오히려 어려운 말을 쉽게 풀어 전하면 안 되는 걸까? 그런 생각을 한 내 손에 10년 뒤, 국어사전이 들려 있을 거라고는 상상하지 못했다.

글을 쓰는 사람이 됐다. 내 책을 읽는 사람들이 생겼다. 첫 책을 쓸 때는 인지하지 못했는데, 권수가 늘어날수록 내가 어휘력이 부족하고, 아는 단어의 범위도 좁다는 걸 알게 됐다. '이 단어는 앞 문단에서 쓴 것 같아. 빼자! 이 단어는 전 편에서 쓴 것 같은데……' 말할 때도 마찬가지였다. 수많은 생각과 감정을 제대로 표현하기에 내 어휘는 납작하고 단순했다. 뻔한 말만 반복하는 것 같아 쉽게 지쳤다.

호주에서 자란 남편이 가끔 한국어 단어의 뜻을 물어볼 때도 문제였다. 평소 쓰는 말인데도 정확히 무슨 뜻인지 설명하기가 어려웠다. 내가 조금이라도 늦게 대답하면 남편은 그냥 검색을 했다. 이렇게 매번 창피를 당할 수 없었다. 어릴 때부터 책도 많이 읽었는데 내 글은 왜 이 모양이고, 한국인이면서 단어 뜻 하나 제대로 설명하지 못할까?

좋은 문장을 쓰는 작가들의 어휘와 정제된 표현력을 내 것으로 만들고 싶었다. 하지만 다른 작가들의 책을 읽는다고 당장 공부가 되지는 않았다. 내용을 읽는 것 자체에 빠져 버렸다. 이럴 때는 필사를 해야 하나?

그때 갑자기 국어사전을 읽던 선배의 모습이 떠올랐다. 국어사전이 있으면 자주 쓰는 단어의 뜻을 정확히 알 수 있다. 새로운 표현도 배울 수 있다. 그러니 국어사전을 읽어 보자!

나는 선배처럼 국어사전을 펼쳐 사뭇 진지한 얼굴로 읽기 시작했다. 눈길을 사로잡는 단어를 만날 때마다 뜻을 읊조리고 따로 표시도 해 뒀다. 언젠가 글을 쓸 때 써먹어야겠다는 생각에 신나서!

래퍼 경연 프로그램 〈쇼 미 더 머니 10〉의 우승자 조광일 님은 음악을 시작하며, 가사를 정확하게 발음하기 위해 국어사전을 처음부터 끝까지 두 번 반복해서 읽었다고 한다. 국어사전에 우리가 쓰는 말이 98퍼센트 이상(시시각각 생겨나는 신조어는 빼고) 실려 있다고 하니 발음 연습에는 탁월한 선택이다.

처음에는 국어사전을 'ㄱ'부터 차례차례 읽어 나가기로 했다. 네 페이지 정도 읽으니 눈이 감기고 졸음이 몰려왔다. 조광일 님의 의지를 반만 배웠어도 견딜 수 있었을 텐데……. 결국 내게 맞는 방식으로 국어사전을 읽기로 했다.

그날그날 손에 잡히는 대로 아무 페이지나 펴서 읽는 것이다. 어느 부분이 나올지 모르기 때문에 더 기대된다. 어떤 단어를 배우게 될까, 아는 단어의 새로운 뜻을 알게 될까 궁금해 설레기도 한다. 그 설렘에는 내가 앞으로 어떤 글을 쓰게 될지에 대한 기대감도 포함돼 있다.

국어사전에서 찾은 내 취향의 단어들을 소개하고 싶다(출

처 : 국립국어원 표준국어대사전).

- 꼬다케 : 불이 너무 세지도 않고 꺼지지도 않은 채 고스란히 붙어 있는 모양.

- 나붓거리다 : 자꾸 나부끼어 흔들리다.

- 다사하다 : 조금 따뜻하다.

- 딸카당 : 작고 단단한 물건이 부딪혀 울리는 소리.

- 마음자리 : 마음의 본바탕.

- 맑히다 : 벌여 놓은 일이나 셈을 마무리하여 깨끗하게 처리하다.

- 방싯 : 입을 예쁘게 벌리며 소리 없이 가볍고 보드랍게 한 번 웃는 모양.

- 오롯하다 : 모자람이 없이 온전하다.

- 오롱조롱 : 몸피가 작은 여러 물건의 생김새와 크기가 다 각기 다른 모양.

- 오르르 : 한데 모여 있는 작은 물건 여럿이 생김새나 크기가 제각기 다른 모양.

만화가 마스다 미리는 《평범한 나의 느긋한 작가 생활》에서 대부분의 일에 큰 흥미가 없지만 독특한 이벤트를 발견하면 글감이 될지도 모르니 꼭 가 본다고 했다. 아직 깨닫지 못한, 무의식중에 찾고 있는 무언가를 만날 수도 있으니까. 나는 그 무언가를 찾기 위해 국어사전을 펼친다. 새로운 단어와 만나는 설렘을 기대하며.

꼬다케
나붓거리다
다사하다
오롯하다
방싯
오르르
딸카당
마음 자리
맑히다
오롱조롱
단어의 뜻을
상상하면 귀여운
모습이 떠올라서
기분이 좋아져.
국어사전

TV 없이도

살 수는 있겠지만

TV와 소파를 가졌다는 이유로 '당신은 진정한 미니멀리스트가 아니다'라며 얼굴도 모르는 사람에게 비난받은 적이 있다. 만약 TV와 소파가 '진정한 미니멀리스트'를 가르는 기준이라면, 나는 그냥 미니멀리스트가 아닌 셈 치겠다. 그만큼 TV를 좋아한다.

더 정확하게는 TV로 볼 수 있는 것들을 좋아한다. 이 애정은 미취학 어린이 시절부터 시작됐다. 시계를 제대로 볼 줄도 모르면서, 나가서 놀다가도 만화 영화가 시작하는 시간은 기가 막히게 알고 집으로 돌아왔다. 방영 중인 만화 영화를 전부 챙겨 보겠다면서 부지런을 떨었다. 유치원에 등원하기 전 어린이 프로그램을 챙겨 보는 것도 잊지 않았다. 아침에 일어나면 〈하나둘셋〉, 〈뽀뽀뽀〉 같은 프로그램을 보며 양치하거나 체조를 따라 했다. 도중에 도저히 끊을 수 없어서 방송이 끝난 후에야 허겁지겁 집에서 나가곤 했다. 당시에는 녹화라는 개념을 몰랐기 때문에 어린이 프로에서 노래하며 율동하는 아이들은 학교에 안 다니는 줄 알았다.

TV를 보고 있으면 "그렇게 가까이서 보면 눈 나빠진다"라는 어른들의 잔소리를 들었다. 뒤로 물러나고 싶지도, 혼나고 싶지도 않아서 엉덩이를 들썩이면서 "응, 응" 하고 대답만 열심히 했다. 당시 TV 화면은 지금에 비하면 크기가 절반도 되지 않았다. 그 작은 화면을 멀리서 보며 어떻게 집중할 수 있지? 그렇게 말하는 어른들도 좋아하는 드라마를 볼 때면 TV 앞에 바싹 붙어 앉곤 했다. 다행히 우리 집에는 TV를 보지 못하게 하는 어른은 없었기에 나는 어릴 때부터 좋아하는 방송을 실컷 볼 수 있었다.

자아가 막 형성되던 시기에 내 곁에는 항상 TV가 있었다. 학교나 유치원에서 알려 주지 않는 것들도 TV로 배웠다. 내가 좋아하는 것과 싫어하는 것도 깨닫게 해 줬다. 특히 케이블 방송이 늘어나면서 관심사가 구체적이고 세밀해졌다.

'온스타일' 같은 패션 채널을 보면서 옷과 가방 등 나를 표현하는 물건에 관심이 생겼다. '엠넷' 덕분에 다양한 장르의 음악을 듣고 멋진 해외 뮤직비디오를 접할 수 있었다. 만화 채널인 '투니버스'는 나에게 넷플릭스나 다름없었다. 어른이 돼서도 〈짱구는 못 말려〉와 〈아따맘마〉, 〈방가방가 햄토리〉를 봤다. 서로를 보듬는 귀여운 캐릭터들을 보며 사회에서 받은 상처를 치유했다. 좋아하는 무언가를 보는 것만으로도 마음의 상처가 낫는다는 사실을 알게 됐다. 덕분에 내 기분과 마음 상태에 따라 치유법을 스스로 처방할 수 있는 어른이 될 수 있었다.

며칠 전 남편에게서 TV를 너무 가까이 본다며, 뒤로 좀 가라는 잔소리를 들었다. 내가 어린이였다면 궁둥이를 들썩이는 시늉이라도 했겠지만 나는 다 큰 어른이다. 스스로 행동할 수 있는 어른! 괜한 반항심이 생긴 나는 내 마음대로 할 거라며 더 앞으로 갔다. 나 혼자 보겠다며 TV를 온몸으로 막기까지 했다.

"어린 시절의 나야, 이런 게 바로 어른의 삶이란다!"

내 삶에
필요한 것도,
필요 없는 것도
내가 정한다.

내 머리맡 따뜻한 궁둥이

키우는 개를 길에 버렸다거나, 학대했다는 이야기를 들을 때마다 화가 난다. 어떻게 개를 괴롭힐 수 있지? 분명 그 인간은 개의 작은 심장 소리를 제대로 들어 본 적 없는 게 분명해!

2017년에 태어나 만 다섯 살이 된 구르미는, 남동생 집에서 살다가 우리 집으로 온 개다. 구르미가 우리 집에 온 날부터 나는 하루도 빠짐없이 아침 일찍 기상하고 있다. 구르미는 야외가 아니면 배변을 하지 않는다. 쉬가 마려워도 밖에 나가기 전까지 참고 참는다.

동생이 아침 일곱 시에 산책시킨 습관이 있어, 나도 그 시간에 맞춰 일어나기 시작했다. 알람 소리에 힘겹게 눈을 뜨면, 구르미는 이미 일어나서 내 얼굴을 뚫어지게 쳐다보고 있었다. 왜 안 일어나냐고, 쉬 마려워 죽겠다는 얼굴이었다. 그 시간을 기억하고 참는 것이다. 배변 패드를 깔아 둬도 쓰는 법이 없다. 구르미의 건강한 배변 습관과 즐거운 일상을 위해 나는 할 수 없이 하루 두 번 꼬박꼬박 산책을 나가기 시작했다.

적어도 주말만큼은 늘어지게 자고 싶었는데, 구르미는 내 수면욕을 이해해 주지 못하고 매일 아침 당당히 산책을 요구했다. 프리랜서의 가장 좋은 점은 일찍 일어나지 않아도 된다는 것인데, 그 자유마저 빼앗기고 말았다. 덕분에 아침부터 업무를 시작하는 부지런한 프리랜서가 됐다.

산책할 때마다 여러 강아지를 만난다. 개들이 서로 냄새를 맡거나 탐색하는 동안 견주들도 대화를 나눈다. 처음에는 스몰 토크가 쉽지만은 않았다. 낯을 가리기도 하고 어떤 이야기를 해야 좋을지 몰라 어색했다.

지금은 익숙하다. 견주들은 서로 선을 넘지 않는 수준에서 대화하곤 하는데, 보통 개의 나이나 이름을 묻는다. 그 정도 이야기를 하면 어느새 개들은 서로 인사를 끝내고 주인에게 가자고 재촉한다. 그래서 견주와 이야기할 기회가 생기면 떠오르는 말을 바로 뱉어야 한다. 개가 귀여우면 귀엽다고, 예쁘면 예쁘다고 빠르게 칭찬한다(그런데 내가 가장 좋아하는 동물이 개이기 때문에 사실 만나는 모든 개가 귀엽고 예쁘다). 원래 무슨 말이든 신중히 하려는 나지만, 개와 산책하는 동안에는 예외다.

산책을 통해 초보 견주는 몰랐던 사실도 배운다. 구르미와 산책할 때 자주 듣는 말이 하나 있다. '날씬해서 좋겠다'는 말이다. 주로 어르신들이 이 말을 건넨다. 구르미는 입이 짧은 개라 항상 사료를 남기는데 나는 이 점이 늘 걱정되던 차였다.

어느 날에는 너무 궁금해서 말을 건넨 할머니께 개가 날씬하면 왜 좋은지 여쭤봤다. 열다섯 살이 넘은 개를 산책시키던 할머니는, "살찌면 개도 다리가 아프니까요"라고 하셨다. 경험에서 우러나온 말이었다. 할머니는 매일 개의 다리를 마

사지해 준다는 이야기도 덧붙였다. 말끝에 사랑이 잔뜩 묻어 났다.

처음 6개월 동안은 일찍 일어나 산책하는 일이 귀찮았다. 구르미의 기대에 찬 눈을 보며 꾹 참고 일어나는 것뿐이었다. 하지만 어느 날 아침, 구르미와 산책을 하는 게 더 이상 귀찮지 않았다. 배가 아프면 화장실에 가고, 허기지면 밥을 먹는 것처럼 아침에 구르미와 산책하는 게 너무도 당연한 일상이 됐다.

익숙해진 건 구르미도 마찬가지다. 구르미는 이제 아침마다 내 얼굴만 내려다보며 일어나기를 기다리지 않는다. 알람이 울리면 일어나서 방을 한 바퀴 돌고는 침대로 돌아와 20분 정도 더 잔다. 겨울이라 해가 늦게 뜨니 함께 게으름을 피우는 것이다. 내가 일어나 화장실을 가도 눈으로만 움직임을 좇을 뿐이다. 나라는 사람에게 완벽하게 적응한 모양새다.

구르미가 아무런 경계 없이 편하게 누워 있을 때, 산책하다가 큰 소리에 놀라 내 곁으로 바싹 붙을 때, 딸꾹질을 하고는 내게 달려와 어떻게 해 보라는 얼굴을 할 때마다 나는 이 개에게 신뢰받고 있다고 느낀다. 그 믿음을 깨뜨릴 수 없어 잠에서 깨지 않게 조심조심 움직이고, 가만히 안아 주고, 등을 쓸어 준다.

어느 나른한 오후, 낮잠을 자려고 누웠는데 구르미가 부리나케 침대에 따라 올라왔다. 그러고는 내 베개 위쪽에 동그랗게 자리 잡았다. 내 머리맡에 따뜻한 궁둥이가 있다. 내 우주에 이 궁둥이와 함께하는 시간이 새겨지고 있다.

누나 안 나가…….
그냥 씻은 거야.
오해야.

인간들이 씻으면
나가는 줄 알고
서운한 개

(주인이 나갈 때만
씻기 때문이다).

(베개 뺏김)

수집욕은 없습니다만

대통령 선거일. 남편이 아침부터 언제 투표하러 갈 거냐고 물었다. "그러다가 투표 못 하면 어떡해. 늦게 가면 기다리느라 고생할 수 있잖아." 공휴일에도 열심히 일하고 있는 프리랜서에게 서둘러 소중한 한 표를 선사하고 오라고 재촉했다. 지독한 선거 독려에도 꿈쩍하지 않고 버틴 나는 선거 마감 한 시간 전쯤 느릿느릿 자리에서 일어났다. 나갈 채비를 하고 현관문을 나서려는데 남편이 조심스럽게 다가와 물었다.

"올 때 편의점에서 포켓몬 빵 좀 사다 주면 안 돼?"

아침부터 선거를 재촉한 이유가 이거였구나! 동네에 널린

게 편의점인데, 대체 왜 내가 나갈 때까지 기다렸는지는 모르겠지만 남편의 부탁을 거절할 수 없었다. 기쁜 마음으로 남편의 빵 심부름을 승낙했다. 사실은 나도 포켓몬 빵이 궁금했기 때문이다. 그 안에 든 띠부띠부씰도.

추억의 포켓몬 빵이 재출시됐다는 소식을 듣고 설레지 않은 30대가 있을까? 우리가 기뻤던 이유는 빵 자체보다 캐릭터가 그려진 띠부띠부씰 때문이다. 내가 초등학교 6학년인 1999년, 〈포켓몬스터〉는 정말 혜성처럼 나타났다. 모든 어린이가 이 애니메이션을 보기 위해 TV 앞에 앉았다. 뒤이어 '떼었다 붙였다'가 가능한 띠부띠부씰이 든 포켓몬 빵이 동네의 모든 슈퍼에 깔렸고, 아이들은 학교가 끝나면 곧장 집으로 와서 부모님 앞에 고사리손을 펼쳤다.

500원을 받아 든 아이들은 슈퍼로 달려갔다. 주머니가 두둑한 날이면 동네를 돌며 빵을 사기도 했다(빵은 버리고 스티커만 모으는 애들도 있었지만 나와 동생은 달랐다. 빵순이, 빵돌이였던 우리는 가장 먹고 싶은 빵을 신중하게 골랐다).

초등학생 컬렉터들은 띠부띠부씰을 붙인 책갈피나 공책을 학교에 가져와 자랑했다. 우리는 매일 어떤 스티커를 새로 뽑았는지 뽐냈는데, 내게 없는 걸 다른 친구가 뽑은 날이면 승리욕이 활활 타올랐다. 반대로 친구들이 애타게 원하는 걸 내가 얻었을 때는 세상을 다 가진 기분이 들었다. 동생과 하나둘 모은 띠부띠부씰이 작은 사진첩 하나를 가득 채웠다. 보기만 해도 배부를 정도로 좋아서 컬렉션을 매일 펴 봤다. 컬렉션의 기능은 '기분이 좋아지는 것' 하나였는데도, 20년이 훌쩍 지난 지금까지 소중히 간직하고 있다.

수많은 물건을 필요 없다는 이유로 비워 냈지만 포켓몬 띠부띠부씰 컬렉션은 대단한 가치가 있는 것도 아닌데, 당당하게 살아남았다. 띠부띠부씰 컬렉션을 상자에서 꺼내는 순간 나는 열세 살 아이로 돌아간다. 포켓몬의 이름을 달달 외우고, 어떤 포켓몬을 가장 좋아하냐고 묻는 질문에 151마리 중 뚜벅쵸와 푸린을 겨우 고른 나, 뒤늦게 디그다를 떠올리고는 말하지 못해 아쉬워한 그 시절의 나를 만난다. 고작 빵에 든 스티커를 모으기 위해 이리저리 뛰어다니고, 친구들에게 자랑할 생각에 심장이 두근거린 내가 생생하게 떠오른다. 이 작은 사집첩에 오래된 기억이 선명하게 남아 있는데 어떻게 비울 수 있을까!

시간이 지나면 내 띠부띠부씰 컬렉션의 가치가 높아질 거라고 막연히 생각한 때가 있었다. 얼마에 팔아야 할지 진지하게 고민하고, 함께 모은 동생에게는 얼마를 떼어 줄지까지 상상했다. 하지만 이번 유행으로 띠부띠부씰을 전문적으로 수집하는 컬렉터의 존재를 알게 됐다. 그들의 것에 비하면 내 손바닥만 한 띠부띠부씰 컬렉션은 말 그대로 작고 소중했다. 그렇다고 해서 내 사진첩을 향한 마음의 크기가 달라지지는 않았다. 여전히 오래오래 간직하고 싶은 소중한 내 물건이다.

내가 좋아했던 포켓몬은…

푸린

노래로 상대방을
잠들게 하는 능력을
가졌다.

뚜벅쵸

식물 포켓몬

디그다

두더지 포켓몬

이 포켓몬들을 좋아했던
가장 큰 이유는……
단순히 귀엽기 때문이다.

귀여워!

에린냥 (13세)

귀여워!

에린냥 (3X세)

여전히 위 세 마리
포켓몬이 내 눈에
가장 귀여운 걸 보니
취향은 20년 전이나
지금이나 달라지지
않았나 보다. 한결같은 취향……

내 우주의 필수 구성품

- 어린 시절 추억의 물건 :

- 소중한 사람이 준 물건 :

- 내가 가진 가장 작은 물건 :

- 기억에 남는 생일 선물 :

- 정말 좋아했지만 잃어버린 물건 :

- 처음으로 내 돈 주고 산 물건 :

- 보고만 있어도 기분 좋은 물건 :

남들에게는 쓸데없는 것처럼 보일지 몰라도
내 우주에서는 의미 있는 물건을 적어 봐요.
이미 버리고 없지만 마음속에 간직하고 있는 것도 괜찮아요.

내 우주의 규칙은 내가 정할게요

무난함이

언제나 승리한다

2022년 상반기 기준, 내가 가진 옷은 총 서른 벌이 조금 안 된다. 산책용 가벼운 옷부터 겨울 외투까지 전부 합친 숫자다. 외투는 패딩, 코트, 재킷, 후드 집업, 바람막이, 카디건을 종류별로 하나씩만 갖고 있다. 상의는 반소매와 긴소매를 합쳐서 열세 벌이고, 나머지는 하의다. 길이와 소재가 다른 치마 세 벌과 바지 몇 벌이다. 그중 80퍼센트는 질리지 않고, 유행을 타지도 않으며, 눈에 잘 띄지 않는 기본적인 디자인이다. 색도 하얀색이나 검은색이 대부분이다. 말 그대로 '무난한 옷장'이다.

그런 내게 여름 옷장을 채우는 일은 중요한 과제다. 무덥고 불쾌 지수도 높지만, 나는 겨울보다 여름을 더 좋아한다. 채도를 몇 단계 올린 것 같은 생기 도는 풍경이 좋다. 땀 흘리며 거리를 걸었어도 집으로 돌아와 샤워하고 나면 언제 그랬냐는 듯이 개운해지는 것도 좋다. 한입만 먹어도 발끝까지 시원해지는 수박과 물냉면이 있다는 것도 좋다. 시원한 카페에서 먹는 빙수는 어떻고!

물론 여름이 반갑기만 한 것은 아니다. 한여름의 태양은 뜨겁다 못해 따갑고, 반대로 실내는 에어컨 때문에 계절을 잊을 만큼 춥다. 여름을 잘 보내기 위해 고민하다가, 마음에 드는 옷을 찾았다. 바로 리넨 소재의 흰 셔츠!

새하얗고 품이 적당히 큰 리넨 셔츠는 긴소매로, 덥지 않으면서도 두 팔을 따가운 햇볕과 자외선으로부터 보호해 준다. 통기성이 좋아 에어컨의 찬바람도 적절히 막아 준다. 길거리를 거닐면 여린 바람이 셔츠 안으로 송송 들어온다. 따뜻한데 시원한 여름의 바람을 놓치지 않을 수 있다.

게다가 옷 자체가 여유롭고 자연스러운 분위기를 풍긴다. 청바지, 치마, 반바지, 슬랙스 등 어떤 하의와도 어색함 없이 어우러진다. 편안한 자리는 물론이고 격식을 차려야 하는 자리에서도 적당히 어울린다. 그럴 때는 다림질해 하의 안에 셔츠를 잘 넣어 입는다. 평소에는 좀 구겨져도 상관없다. 그쪽이 더 편안해 보인다.

리넨 소재의 특성상 속옷이 비치긴 하지만, 하얀 민소매를 겹쳐 입을 때와 검은색 속옷만 입을 때의 차이로도 옷의 분위기가 달라져서 오히려 매력적이다. 누군가는 무난하고 지루하다고 할지 모르지만, 눈에 띄지 않아 매일 입기에 좋다(난 그런 옷이 더 좋더라).

옷장을 열 때마다 내 손은 리넨 셔츠로 향했다. 겨울을 제외한 나머지 세 계절 내내 리넨 셔츠를 입었다. 여러 벌도 아니고 딱 한 벌이라서 부지런히 세탁해야 했다. 얇은 소재라 약간의 햇빛만 있다면 빨리 마른다는 점도 여름옷으로서 완벽했다. 다행히 그렇게나 오래, 자주 입었는데도 옷은 여전히 빳빳한 자태를 뽐냈다.

사실 처음 리넨 셔츠를 샀을 때만 해도 마음에 쏙 들지는 않았다. 하지만 입으면 입을수록 애정이 생겼다. 이런 옷은 처음이었다. 대부분 막 샀을 때가 가장 기쁘고, 한두 번 입으면 더 이상 손이 가지 않곤 했다. 이제는 이렇게 입을수록 나에게 꼭 맞고, 편안한 기분이 드는 물건과 별일 없이 오래오래 함께하고 싶다.

무난하다는 말에 매력을 느낀다. 다 닳은 캔버스화를 버리고 새로운 운동화를 구경하는데, 리뷰에 무난하다는 평이 많다. 저 운동화 무난하구나. 그럼 내 옷들과 잘 어울리겠다! 어느 곳에서든 제 역할을 해내겠다 싶어 좋아 보인다.

나는 내가 가진 것들로 하루하루를 잘 보내고 싶을 뿐이다. 어떤 상황에서든 넘치거나 부족함 없는 옷장을 만들고 싶다. 고민하며 하나하나 고른 덕분에, 이제 내 옷장에는 언제 어디서나 무난하게 입을 수 있는 옷뿐이다. 그 무난함이 얼마나 든든한지!

해가 바뀌고 겨울이 끝나 갈 무렵부터 리넨 셔츠를 만지작거린다. 아직은 찬바람이 불지만 좋아하는 옷을 입을 생각에 벌써 설렌다. 리넨 셔츠를 입는 계절이 오고 있다.

후드 집업이랑 입으면
편안한 느낌.

단정함이 필요할 땐
재킷과 셔츠!

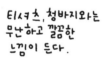

살랑살랑
치마와 함께 입어도 좋다.

티셔츠, 청바지와는
무난하고 깔끔한
느낌이 든다.

합리적인 소비를

하고 싶어

맥북을 매일매일 몇 시간씩 사용했다. 하루 평균 7시간씩 썼다고 치면, 8년 동안 대략 2만 시간이 된다. 이 긴 시간 동안 나는 맥북으로 글을 쓰고 그림을 그리고 영상과 애니메이션을 만들었다. 내가 가진 그 무엇보다 나와 가까운 물건이자 밥벌이를 도와준 고마운 존재였다.

그런데 맥북의 상태가 심상치 않았다. 멀쩡히 사용한 프로그램을 버거워하고, 작업 중에도 화면이 속수무책으로 꺼졌다. 가벼운 문서 프로그램만 켜도 비행기 이륙하는 소리가 났다. 영상을 저장하는 속도도 전보다 열 배는 더 느려졌다. 배터리가 부풀어 오르자 상황은 심각해졌다. 언제 빵 터져도 이상하지 않았다. 긴 시간 함께한 내 첫 번째 맥북을 떠나보낼 때였다.

새로운 장비를 구입하기에 앞서 일체형 데스크톱을 살지, 노트북을 사되 기존 것보다 큰 모델로 바꿀지 고민했다. 결국 원래 것과 비슷한 크기인 14인치 맥북을 사기로 했다.

일단 나는 작은 걸 좋아한다(속이 좁아서일지도 모른다). 일체형 데스크톱은 일할 때 훨씬 더 효율적이겠지만, 나는 이리저리 옮겨 다니면서 일하는 걸 선호한다. 노트북을 무릎에 올려두고 쓰거나 가방에 넣어 카페에 가는 것도 좋아한다. 물론 데스크톱과 노트북 둘 다 사면 좋겠지만, 자료가 여기저기에 흩어지면 불편할 것 같았다.

돈을 아끼려던 건 아니다. 새로 구입할 노트북 역시 적어도 8년은 사용할 확률이 높다. 그렇게 생각하니 노트북에 좀 더 투자해도 괜찮을 것 같았다. 메모리와 그래픽 카드까지 업그레이드를 해 견적을 내니 400만 원을 훌쩍 넘었다. 기본형보다 200만 원 정도 비싼 금액이었다. 좀 더 효율적인 업무 환경과 오래 사용할 장비임을 감안하면 투자할 수 있는 금액이지만 나는 보다 합리적인 소비를 하고 싶었다.

인터넷 리뷰를 열심히 찾아봤다. IT 전문 유튜버의 영상을 보고, 해외 리뷰까지 뒤졌다. 그럼에도 결론이 나지 않아서 애플 스토어 매장에 찾아가 전문 상담사인 스페셜리스트에게 조언도 구했다. 내가 어떤 프로그램을 다루고, 어떤 작업을 하는지 설명했다. 당연히 더 비싸고 좋은 모델을 추천할 줄 알았는데, 그는 가장 기본형으로도 충분하다고 추천했다. 그날, 드디어 긴 고민을 끝내고 기본형 모델을 사서 집으로 돌아왔다.

나는 '비싸면 비쌀수록 좋다'는 말을 믿는 사람이다. 비싼 데에는 이유가 있을 테니 가능하면 좋은 옵션을 고르려고 한다. 그럼에도 마지막에 마지막까지 고민한다. 합리적인 선택을 하고 싶기 때문이다.

새로운 맥북을 사기 전에 혼잣말로 중얼거렸다.

"어떤 걸 선택해야 미래의 내가 행복할까?"

남편은 그 말을 듣더니 무슨 선택을 하든 미래의 나는 행복할 거라고 했다. 그 말이 맞았다. 나는 지금의 선택과 소비에 만족하고 있다. 고민한 시간이 아깝지 않다. 사실 그만큼 고민했으니, 다른 걸 선택했어도 행복했을 게 분명하다.

모두에게 해피 엔딩

옷장에서 낡은 겨울 코트 두 벌을 꺼냈다. 비슷한 시기에 구입한 짙은 남색과 카멜색의 코트로, 7년 가까이 이 두 벌로 겨울을 났다. 단단한 자태에 반해 구입했던 코트는 세월의 흔적을 고스란히 품어 볼품없이 흐물거리고 색도 많이 바랬다. 코트를 떠나보낼 때가 됐다. 긴 시간 함께한 만큼 미련이 남았지만, 최근 꺼내 입은 횟수가 몇 번 되지 않는다는 걸 깨닫고는 둘 다 비우기로 했다. 그동안 수고했다는 인사도 빼놓지 않았다.

어느덧 여름이 왔다. 한 친구네 집에서 아주 오랜만에 모임을 갖기로 했다. 못 본 기간만큼 밀린 이야기도 무척이나 많아서 쉴 새 없이 떠들다 보니, 겨울옷 이야기가 나왔다. 집주인인 친구가 얼마 전 아웃렛에서 자신에게 엄청나게 잘 어울리는 코트를 발견했는데, 가격이 비싸서 살까 말까 고민 중이라고 했다. 할인가가 90만 원에 이르는 비싼 코트였다.

물론 오래 입을 코트이니 눈 딱 감고 살 수도 있다. 하지만 나는 친구를 말리고 싶었다. 비싼 가격 때문만이 아니었다. 친구의 옷장에 겨울 코트가 한가득 있다는 걸 잘 알고 있어서 였다.

"근데 너 겨울 코트 많지 않아?"

친구는 겨울옷 중에서도 특히 어른스러워 보이는 코트를 좋아했다. 성숙한 분위기를 풍기는 코트가 유난히 잘 어울렸기 때문이다. 친구는 당연히 코트를 자주 샀다. 마음을 끄는 코트는 매년 나오니까!

내 물음에 친구는 멋쩍은 미소를 지으며 답했다. 많긴 하지만 안 입는 것도 그만큼 많다고. 대답을 듣자마자 내 옷도 아니면서 미니멀리스트의 본능이 튀어나왔다. 안 입는 코트는 중고로 팔고, 그 돈으로 새 코트를 사는 건 어떨까? 물론 90만 원짜리 코트를 사기 위해서는 지금 가진 것을 몽땅 팔아야 할 수도 있지만. 문제는 친구가 모르는 사람에게 물건을 사고파는 과정을 번거로워한다는 것이다. 그렇다면 친구가 안 입는 코트를 내가 사는 건? 어차피 겨울 코트를 하나 살 생각이었으니까!

"혹시 안 입는 코트 중에 내가 입을 만한 거 있어? 너만 괜찮으면 내가 중고로 살게."

조심스러운 내 제안에 친구는 벌떡 일어나 방에서 코트 하나를 들고 왔다. 사이즈가 커서 몇 번 입지 못했다는, 밝은 회색과 하늘색이 섞인 체크무늬 코트였다. 별 기대 없이 친구가 가져온 코트를 입었다. 겨울옷을 여러 겹 껴입고 걸쳐도 편할 것 같은, 평소 원했던 넉넉한 품과 길이였다. 게다가 눈으로 볼 때는 몰랐는데, 막상 입어 보니 코트의 밝은색과 무늬가 나에게 무척이나 잘 어울렸다. 친구들의 반응도 좋았다. '뭐지, 이거 내 건가?'

옷을 사기 전 오래 고민하는 편이지만 친구의 코트는 한눈에 좋아하게 됐다. (돈을 지불할 테지만) 내가 강탈하는 것은 아닌지, 친구에게도 몇 번이나 되묻고, 친구의 남편에게 진짜 입지 않는 옷인지 확인까지 받았다. 내가 달라고 해서 순순히 뺏길 친구는 아니지만 돈이 오가는 거래 전에는 서로의 의사를 확실히 할 필요가 있었다. 나는 친구에게 겨울에 코트를 사러 올 테니, 그때까지 잘 보관해 달라고 부탁했다. 그사이 둘 중 누구라도 마음이 바뀔 수 있으니까.

사실 코트를 충동구매 하는 건 아닌지 마지막까지 고민한 사람은 나였다. 중고여서가 아니라, 겨울 코트에 패턴이 있으면 쉽게 질릴 것 같다는 생각 때문이었다. 내가 가진 무난한 옷들과 잘 어울릴지도 고민됐다. 하지만 코트에는 나와 잘 어울리는 하늘색이 들어가 있었다. 무엇보다 내 결정이 맞는지 확신을 더해 주는 근거가 있었다. 바로 어울리면 어울린다, 안 어울리면 안 어울린다고 솔직히 말해 주는 친구들!

시간이 지나 드디어 초겨울, 친구에게 연락해 아직도 코트를 팔 의향이 있는지 물었다. 친구는 당연하다고 했다. 며칠 뒤 친구를 만나 거래했고, 내게는 겨울 코트가 생겼다.

친구의 옷장에 나와 잘 어울리는 코트가 있어서 다행이었다. 마음에 꼭 드는 옷을 고르느라 시간을 뺏기지 않아 좋았고, 믿음직한 판매자에게서 괜찮은 상태의 옷을 저렴한 가격에 살 수 있었다. 친구는 입지 않는데 버리기엔 아까운 코트까지 처리했으니 모두에게 해피 엔딩이다(친구야, 너도 행복한 거 맞지?)!

☀ 내 DON'T BUY LIST ☀

> 지금 사고 싶은 게…….

패턴이 있는 옷인가?
유행하는 스타일인가?
장식적인 요소가 많은가? **나에게 어울리지 않아!**

트렌치코트인가?
두께감 있는 스웨터인가?
팔찌인가?
불편해! 신축성이 없는 바지인가?
발이 불편한 신발인가?
가방인가? — **이미 필요한 만큼 있다**

> 그렇다면 사지 않는다!

디지털 공간에도

정리가 필요해

몇 년 전, 외장 하드를 노트북에 연결한 채로 바닥에 두었다가 발을 헛디뎌 그만 밟고 말았다. 악 소리와 함께 재빨리 발을 옮겼지만 안타깝게도 내 몸은 외장 하드가 감당하기에 너무도 무거웠다. 설마설마했는데 역시나 외장 하드는 더 이상 응답하지 않았다. 외장 하드가 연결되면 들리는 소음도, 동작을 알리는 불도 들어오지 않았다. 다른 연결선을 찾아 연결해 보는 등 이런저런 심폐 소생술을 해 봤지만 역부족이었다.

"2014년 ○월 ○일 1번 외장 하드 환자, 사망하셨습니다……."

외장 하드에는 회사에 다닌 시기에 모아 둔 자료가 있었다. 일한 흔적과 함께 짬짬이 정성스럽게 수집한 음악 파일도 가득했다. 개인적으로 쓰고 그린 작업물도 있었다. 1테라바이트짜리 외장 하드가 꽉 차 있었다.

그 모든 걸 한순간의 실수로 허무하게 날려 먹을 수는 없어서, 복구 서비스를 찾아봤다. 워킹 홀리데이로 호주에 있을 때였는데, 대충 알아봐도 수리하는 데 1,000달러 가까이 지불해야 했다. 2주를 일해야 벌 수 있는 돈이었다.

한국은 호주보다 좀 나을 거라 믿으면서 한국에 오자마자 몇 달 동안 고이 모셔 둔 외장 하드를 들고 복구 서비스 센터를 여기저기 찾아갔다. 하지만 안타깝게도 고칠 수 없을 것 같다는 답변을 들었다. 마지막으로 문의한 곳에서는 더 시도해 볼 수는 있지만, 복구될지 확신할 수 없다고 했다. 검사 비용만 45만 원이었다.

중요한 게 가득한데 이제 어쩐담. 아무 소득 없이 집으로 돌아왔다. 안에 들어 있는 자료가 아까워서 울적해졌다. 의지를 잃은 나는 서랍 구석에 외장 하드를 넣어 두었다. 언젠가 100만 원쯤 되는 돈이 눈앞에서 사라져도 아무렇지 않은 사람이 되면 그때 다시 시도해 보기로 했다. 서비스 센터에 가서 "돈은 얼마든지 드릴 테니 고쳐만 주십시오!" 하고 외치는 내 모습을 상상했다.

'외장 하드 사망 사건' 이후로 같은 실수를 반복하지 않기 위해 중요한 자료는 여러 번 백업했다. 이쪽 외장 하드에 있는 걸 알아도 저쪽 외장 하드에 저장하고, 같은 파일을 몇 번씩 복사해 두기도 했다. 열어 보지도 않을 파일이 계속 늘어났다. 디지털 파일을 저장해 둘 장치가 더 필요해졌다. 하지만 외장 하드를 더 산다고 해결될 일이 아닌 것 같았다.

외장 하드에 어떤 중요한 게 있나 떠올려 봤다. 그런데 고장 난 외장 하드 속 자료조차 잘 정리해 모아 두기만 했지 퇴사한 후로 열어 본 적은 없었다. 사실 지금 내게는 필요하지 않은 자료였다. 열심히 일한 과거를 회상하기 위해서인가? 그게 무슨 의미가 있다고. 정성스럽게 모은 음악 파일들? 지금은 스트리밍 서비스로 언제든지 원하는 노래를 들을 수 있다.

다시 필요한 건 작업물 몇 개뿐이었다. 또 뭐가 있지? 생각나지 않았다. 그렇다면 외장 하드를 복구하거나 더 살 의미가 없는 것 아닌가? 막상 수리한다고 해도 허무할지 모른다는 생각이 들었다. 그 외장 하드 속 자료 없이도 지금껏 아무 문제 없이 잘 살았다. 앞으로도 그렇지 않을까(이 글을 쓰면서 나는 고장 난 외장 하드조차 비워 내기로 마음먹었다. 몇 년이 지난 지금껏 잃어버린 자료 때문에 문제가 생긴 적은 없기 때문이다).

집 안의 공간처럼 디지털 저장 공간도 비우기 시작했다. 매일이 다시 오지 않을 순간이라는 걸 잘 알기에 끊임없이 사진을 찍지만, 그중 다시 보는 것은 거의 없었다. 휴대 전화 용량을 정리하다 보면 사진이 반 이상을 차지하고 있었다. 그걸 모조리 외장 하드에 옮겨 두고 안심했다. 다시 보지도 않을 거면서.

요즘에는 틈날 때마다 앨범을 훑어보고 정리한다. 비슷한 사진이 여러 장이면 그중 괜찮은 한두 장만 남긴다. 자연스럽게 좋아하는 사진을 더 많이 보게 됐다.

내가 가질 수 있는 저장 공간의 크기도 한정해 두기로 했다. 1테라바이트짜리 외장 하드 두 개가 기준이다. 디지털 기기 역시 파일 관리가 수월한 것으로 고른다. 노트북, 휴대 전화와 아이패드도 각각 최소 용량으로 샀다. 내가 감당할 수 있는 크기다.

정리하기 귀찮다고 대용량 기기를 산다면 분명 나는 생각 없이 파일을 증식시킬 것이다. 나중에는 그 많은 양에 손댈 엄두가 나지 않아 정리를 미루다가 정작 중요한 자료를 잃을지도 모른다.

집 안 물건을 자주 정리하고 들여다보는 것처럼 디지털 파일도 자주 확인한다. 때마다 필요 없는 것을 정리하고 내가 뭘 가졌는지 본다. 현실의 물건과 공간을 대하는 것처럼 디지털 세상의 자료 역시 비움을 생활화하는 습관을 들였다. 더 적게 저장하는 것이 더 많이 보고, 더 안전하게 보관하는 비결이다.

"30대 중반이면 명품 가방 하나 정도는 있어야 하는 거 아니야?"라는 소리를 종종 듣는다. 사실 20대 중반부터 꾸준히 들어 온 말이다. 40대 중반이 되면 "40대인데 명품 가방도 없어?"가 되려나. 이런 류의 말을 듣는 사람은 명품 가방이 하나도 없는 사람일 확률이 높다. 바로 나처럼. 그런 소리에 민감하게 반응하는 것도 나 같은 사람이겠지.

내가 가진 것 중 명품 로고가 박힌 건 친구에게 선물받은 샤넬 핸드크림과 립글로스, 이 둘뿐이다. 고백하자면 나는 명품을 좋아한다. 신상품을 구경하는 것도 좋아하고, 매 시즌 브랜드 캠페인이나 패션쇼도 챙겨 본다. 예쁘고 멋진 물건을 마다할 사람은 없다.

좋아하면 갖고 싶은 게 당연한 거 아니냐고? 맞다. 그렇지만 가방처럼 일상에서 자주, 험하게 사용하는 물건에 그 정도까지 돈을 쓰고 싶지는 않다. 혹시라도 비를 맞을까, 금장에 흠집이 생길까, 가죽에 오염이라도 묻을까 두려워하면서 조심스러운 마음으로 써야 하는 것도 달갑지 않다. 그런 걸 상관하지 않을 만한 재력을 가졌으면 좋으련만, 안타깝게도 아직 나에게는 그만큼의 대담함은 없다.

그런데 얼마 전에 갑자기 명품 가방을 사야겠다는 생각이 들었다. 명품 가방 하나 없는 나를 가엽게 여긴 신의 계시는 당연히 아니고, 잊고 지낸 허영심이 보낸 계시였다.

나는 일하러 나갈 때 주로 백팩을 메는데, 노트북과 아이패드, 마우스 등 주변 기기, 텀블러, 파우치까지 잔뜩 넣어서 무게가 꽤 나간다. 가방을 어깨에 메면 두 손을 사용할 수 있어서 편하지만 한여름이면 등과 어깨에 땀자국이 났다. 옷차림과 가방이 맞지 않아 난감할 때도 있었다. 새 가방이 필요했다. 그리고 이왕 살 거면, 비싼 가방이 좋겠다는 생각이 들었다. 가끔 업무 관련 미팅을 나가니, 그때 고급스러운 명품 가방에서 아이패드나 노트북을 꺼내면 클라이언트에게 신뢰감도 주고, 더 멋있어 보이지 않을까? 그러니 노트북을 넣고 다닐 명품 가방을 사자!

새 가방을 '사기 위해' 명품 브랜드의 홈페이지에 들어간 것만으로 어쩐지 성공한 기분이었다. 잔뜩 설렌 마음으로 L 사와 D 사 홈페이지의 가방을 샅샅이 훑었고, 노트북이 들어갈 정도로 큰 데다 보기에도 예쁜 토트백을 발견했다. 넉넉한 내부 공간도 마음에 들었다. 명품 가방에서 노트북을 꺼내는 내 모습을 떠올렸다. 진짜로 멋있어 보일지는 알 수 없지만 상상 속의 나는 꽤 그럴듯했다.

　진짜로 사야겠다고 마음먹었지만 가격을 보고 주춤했다. 무려 400만 원대였다. 정신이 번쩍 들었다. 비싸다는 건 각오

하고 있었지만, 막상 숫자를 보니 현실 감각이 되살아났다.

아무리 생각해도 큰돈을 주고 산 가방이 그 정도의 기쁨을 주리라는 보장이 없었다. 처음에는 분명 땀 때문에 백팩 대신 손에 들고 다닐 것을 찾으려던 건데……. 그냥 지금 것과 다른 디자인의 가방을 사는 게 목적이었는데……. 내 일상에 400만 원짜리 가방이 필요할까? 답을 내릴 수 없었다. 무작정 사는 건 용납할 수 없었다. 일단 도망치기로 했다. 서둘러 구매 창을 닫았다.

'명품을 갖기보다 노력해서 남들이 갖고 싶은 명품이 돼야지!'라고 생각하는 건 아니다. 이런 종류의 교훈을 그다지 좋아하지 않는다. 값비싼 명품 브랜드가 되고 싶지도 않다. 내가 가진 백팩처럼, 단점은 있어도 제 역할만 제대로 해낸다면 스스로에게 바랄 게 없는 사람이다. 남들이 부러워하는 존재가 될 필요가 있나. 나 자체가 이미 어떤 명품보다 희귀한 리미티드 에디션인데!

기준을 '노트북이 들어가는 토트백'으로 바꾸니 적당한 가격에서도 충분히 괜찮은 가방을 찾을 수 있었다. 물론 수백만 원대의 상품을 보다가 몇십만 원, 몇만 원대의 가방이 완벽히 눈에 찰 리 없다. 소재가 어떻고, 만듦새가 어떻고……. 만족스럽지 않은 가방들을 보면서 시간만 낭비했다며 구시렁거렸다.

그때 눈에 들어온 것은 다름 아닌 내 백팩이었다. 재활용 페트병으로 만들어져 친환경적이라 좋아하면서 샀던 이 백팩은 일반 백팩에 비해 튼튼하다. 부피가 크진 않지만 필요한 건 전부 들어가는 효율적인 가방이다. 심지어 3년째 메고 있는데 아직 질리지도 않았다. 앞으로 10년은 더 메고 다녀도 끄떡없을 것 같다.

이렇게 좋은 가방이 가까이 있는데 왜 다른 가방을 사려고 했을까? 고심해서 고른 것이니 내 취향이 아닐 리 없었다. 여름에 조금 더우면 어떻고, 입은 옷이랑 어울리지 않으면 뭐 어떤가? 가방으로서는 너무도 완벽한데! 휴, 이렇게 좋은 걸 두고 명품 가방 살 뻔했네! 나는 조용히 안도의 한숨을 쉬었다. (못 사는 거였지만) 사지 않아서 다행이었다.

명품 브랜드의 홈페이지를 둘러본 시간이 아깝지는 않았다. 나에게 필요한 대부분의 것은 이미 갖고 있다는 사실을 깨닫고, 다행스럽다고 여기게 됐으니까.

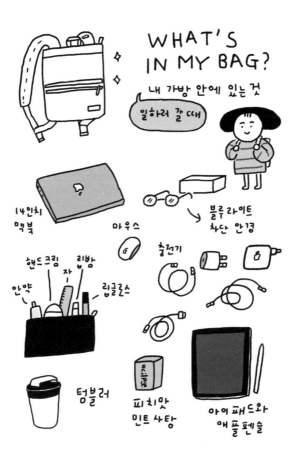

WHAT'S
IN MY BAG?

내 가방 안에 있는 것

일하러 갈 때

14인치 맥북

마우스

블루라이트 차단 안경

핸드크림

자

리밤

안약

립글로스

충전기

텀블러

피치맛 민트 사탕

아이패드와 애플펜슬

우리 집에 온 종이 상자는

살아 나가지 못한다!

우리 집에는 수납함으로 쓰는 상자가 여러 개 있다. 그중 가장 오래된 상자는 남편과 연애를 시작한 지 얼마 되지 않았을 때 받은 선물의 포장재였다. 본래 선물 상자였기 때문에 디자인 자체가 예쁘다. 내가 좋아하는 하늘색 바탕에 하얀색 동그라미 패턴이 박혀 있다. 코팅돼 있어서 물에 강하고, 상자 앞쪽에 쇠로 된 작은 손잡이가 있어서 여닫기도 편하다. 처음에는 남편에게 받은 편지를 보관하는 용도였는데, 지금은 외장 하드 전용 상자로 쓰고 있다.

선물로 받은 디퓨저 상자도 있다. 단단하고 깊어서 뭘 담기에도 좋은 이 상자는 안방 서랍장 맨 위 칸에 두고 수납함으로 사용했다. 심지어 미니멀리스트가 된 뒤 서랍장은 우리 집을 떠났지만, 이 상자는 살아남았다. 그리고 비행기를 타고 호주에서 한국까지 왔다. 벌써 6년째다.

지금은 구급 상자로 쓰고 있다. TV장 안에 두고 약이나 응급 처치가 필요할 때마다 꺼낸다. 아쉽게도 뚜껑은 물에 젖어 작년에 버렸지만, 여전히 단단하고 믿음직한 자태를 뽐낸다. 앞으로 몇 년은 더 쓸 수 있겠다 싶은데, 그게 과한 욕심 같지도 않다.

마지막으로 신발 상자다. 신발 컬렉터에게 신발 상자는 버리면 안 될 '상품의 일부'지만 우리 집에서는 부피가 크거나 양이 많은 물건을 보관하는 용도로 쓰인다. 신발을 새로 사면, 새 수납함도 함께 생기는 기분이다. 가장 오래된 신발 상자는 6년쯤 됐다. 여기에는 읽을 때마다 기분이 좋아지는 편지들을 보관해 두었다. 남편이나 내가 받은 것, 서로 주고받은 편지가 다 있다. 이 신발 상자도 호주에서 한국까지 비행기를 타고 온 터라 상태는 별로 좋지 않지만 역할은 완벽하게 수행하니 버릴 수가 없다.

비교적 최근인 1년 반 전 들어온 '신입 상자'도 있다. 여기에는 각종 잡동사니가 들어 있다. 필요 없는 물건을 하나씩 비울 때마다 공간이 점점 늘어나서, 낡은 첫 번째 상자를 버리고 편지 뭉치를 여기에 옮길까 생각 중이다. 겨우 신발 상자를 앞에 두고, 참으로 무해한 고민을 한다. 제법 신중한 내 모습이 웃기기도 하지만 가치 있는 시간이라고 생각한다.

우리 집에는 남들 보기에 쓸모없는 물건도 있지만, 이렇게 용도 이상으로 오래오래 쓰는 물건도 있다. 모든 기준은 '내 선택'이다. 사실 이 글을 쓰기 전에는 신발 상자를 다 버리고, 튼튼하고 멋스러운 수납함을 사려고 했다. '우리 집의 멋진 수납함 하나' 같은 그럴듯한 제목을 붙인 다음 물건을 깔끔하게 보관하는 일에 관한 글을 쓰고 싶었다. 하지만 신발 상자든 제대로 된 수납함이든, 어차피 담길 내용물은 같을 텐데 있어 보이고 싶은 마음에서 소비를 하려고 했다.

　대신 우리 집에서는 고작 포장 재료였던 상자가 이렇게 열심히 쓰이고 있다는 사실에 대해 쓰기로 했다. 누군가의 집에서 묵묵하고 성실하게 자신의 역할을 해내는 종이 상자들이 있다고 알리고 싶었다. 거기에 내 알뜰살뜰함도 살짝 자랑하면서 말이다.

슬럼프가 찾아오면

....

연필을 깎는다

....

한숨이 잦아졌다. 머리는 복잡하고 마음이 혼란스럽다. 가만히 앉아 있지 못하고 집 안을 뱅뱅 돌다가 밖으로 나가 무작정 걸었다. 조금 나아졌지만 집에 돌아와서는 다시 한숨을 푹푹 쉬게 됐다. 아무래도 '그분'이 온 것 같다. 달갑지 않은 손님, 번아웃과 슬럼프.

처음은 아니다. 바쁜 시기를 보낸 뒤에는 꼭 슬럼프가 온다. 마음이 텅 비고, 모든 기운이 빠져나간 기분이 드는 이 불청객에 익숙해질 법도 한데, 매번 낯설다.

다행히도 내게는 몇 가지 대처법이 있다. 먼저 따뜻한 이불 속으로 들어가서 잔다. 나는 단순한 구석이 있어서 자고 일어나면 우울한 감정도 쉽게 잊는다. 하지만 이번에는 자고 일어났는데 몸이 찌뿌듯하기만 할 뿐이었다.

그렇다면 다음 방법으로 넘어가야 한다. 침대에 누워 영화 보기다. 가장 좋아하는 영화, 평소에 보고 싶었던 영화, 당장 눈에 들어오는 영화 등 무엇이든 본다. 영화 속 주인공이나 에피소드에 집중하면 기분이 나아진다.

이 기세를 그대로 이어 가자. 침대에서 일어나 시원한 물을 한 잔 마시고 책을 고른다. 소설이든 에세이든, 손에 잡히는 책을 읽는다. 인터넷을 돌아다니면서 인터뷰나 기사를 찾아 읽기도 한다. 비슷한 경험을 한 사람의 글이라면 한층 더 위로된다.

원래는 이 정도면 텅 빈 마음에 새로운 영감이 들어서는데, 이번에는 달랐다. 여전히 채워지지 않는 구멍이 있었다. 부정적인 감정이 떠날 생각을 하지 않았다. 어떻게 할까 고민하다가, 최후의 보루로 남겨 둔 스케치북과 연필을 꺼내왔다. 무엇을 해야 할지 갈피를 잡지 못할 때마다 나는 연필을 손에 쥐곤 했다.

뭉뚝해진 4B연필을 깎기 위해 커터 칼을 손에 쥐자, 문득 입시 미술 학원에 처음 간 날이 떠올랐다. 중학교 3학년, 진로를 미술로 정한 직후였다. 미술 학원에서는 4B연필을 제대로 깎는 법부터 알려 줬다. 보는 둥 마는 둥 하고 있자니, 강사 선생님이 말했다. "다음부터는 직접 깎아야 해. 그러니까 잘 봐 둬." 그제야 조바심이 났다. 잘 해내고 싶어 선생님의 두 손을 들여다보는 눈에 힘이 들어갔다. 선생님은 처음부터 손에 쥐고 태어난 듯 연필과 칼을 너무나 능숙하게 다뤘다.

선생님이 깎아 준 연필을 들고 3절지가 걸린 이젤 앞에 앉았다. 이 커다란 종이를 지금부터 내 힘으로 채워야 한다. 그림을 정식으로 배운다는 사실에 설레면서도, 실력과 감각을 처음 보는 사람들 앞에서 공개하는 일이 두렵기도 했다.

입시 미술은 아니지만, 오랫동안 동네 미술 학원을 다녔다. 학교에서도 그림 좀 그린다는 소리를 듣는 나였다. 첫날부터 어려운 석고상을 그리게 될까? 뭐가 됐든 잘 그리고 말겠다! 어느 정도 자신감이 있었다. 하지만 겁 없는 중학생의 활활 타오르는 패기는 곧 사그라들었다. 빈 종이를 그림이 아닌 선으로 채워야 했기 때문이다. 자존심이 상했다. 내가 고작 선 하나 못 그을까 봐? 내 경력이 얼만데!

하지만 일단 시키는 대로 해야 했다. 선 연습은 어깨와 손을 쭉 펴서 일직선으로 만든 후 왼쪽에서 오른쪽으로 일직선을 유지하며 긋는 것으로 시작한다. 맨 위부터 아래까지 빈 곳 없이 채운다. 그다음에는 위에서 아래로 긋고, 왼쪽 상단에서 오른쪽 하단을 대각선으로 긋는다. 짧은 선을 반복하기도 하고, 여러 번 겹쳐 긋기도 하며 연필 하나로 밝고 어두움을 표현하는 연습을 한다.

선 연습으로만 3절지를 몇 장이나 채웠다. 그사이 연필을 계속 깎았다. 선생님이 깎은 것보다 뭉툭하고 짧았지만 연필 깎는 일에 겁내지 않을 정도는 됐다. 스스로 눈치채지 못한 사이에 그림을 그리는 데 필요한 기초 준비를 마친 셈이다.

오랜만에 4B연필과 커터 칼을 손에 쥐었다. 어색하지도, 낯설지도 않았다. 어제도 연필을 쓴 사람처럼.

하지만 막상 선을 그으니 손에 힘이 들어가 삐뚤삐뚤했다. 선 연습을 해야겠다. 왼쪽에서 오른쪽으로, 위에서 아래로. 긴 선과 짧은 선을 그을수록 연필이 점점 가볍게 느껴졌다. 그다음 뭘 그릴까 고민하다가 사람의 귀와 입을 그렸다. 재미있었다! 계속해서 그릴 것을 찾았다. 시간 가는 줄 모르고 책상에 앉아 있었다.

수업 시간에 선생님 몰래 공책을 낙서로 가득 채웠던 그때처럼, 뚜렷한 목적 없이 그림을 그리며 즐거워했다. 나에게 필요했던 것은 준비 시간이 아니었을까.

디지털 기기로 그림을 그리는 내게 스케치북과 4B연필은 꼭 있어야 하는 물건은 아니다. 하지만 그림에 대한 열정과 재미를 되찾는 데는 반드시 필요했다. 정말 오랜만에 그림을 더 그리고 싶었다. 텅 빈 마음이 다시 이야기를 표출하고 싶은 욕구로 차곡차곡 채워졌다. 이번에도 내 방식대로 슬럼프를 이겨 냈다.

마음껏
선을 그어 보세요!

나는 왜 이런 게 좋을까?

접이식 테이블

작은 집에 접이식 가구만큼 알맞은 물건이 또 있을까? 지금의 나는 그 어떤 멋진 가구보다 접이식 가구에 눈길이 간다. 우리 집 접이식 테이블은 플라스틱과 철재 소재의 3만 원 대 가구로, 야외에서도 쓸 수 있다. 3단계로 높낮이 조절도 가능해서 의자에 따라 편한 높이를 맞출 수 있다. 1인용 테이블이지만 두 사람이 식사할 정도는 돼서, 우리 집 거실에서 식탁 역할을 하고 있다. 손님이 한 명이라도 오면 사용하기 어렵지만, 그때는 고이 접어 방 한쪽 벽에 비스듬히 세워 두면 된다.

접이식 의자와 함께 피크닉을 갈 때도 요긴하게 쓸 수 있다. 이것이 바로 접이식 가구의 매력이다. 어디든지 들고 다닐 수 있는 가구라니! 예쁘지는 않아도 우리 집에 필요한 기능을 100퍼센트 해내고 있는 어엿한 가구다.

이케아 파란색 쇼퍼 백

우리 집 재활용 분리수거함은 이케아의 1,000원짜리 파란색 쇼퍼 백이다. 물건을 담기 위해 함께 샀던 장바구니를 분리수거함으로 쓰고 있다. 쓰레기가 가장 많이 나오는 주방 문고리에 걸어 두고 사용하는데, 일주일이면 한가득 채워진다. 그러면 그대로 둘러메고 쓰레기를 버리러 나간다. 3년 가까이 수많은 재활용 쓰레기를 담아 왔지만 얼룩 하나 보이지 않는다. 게다가 물로 한 번 헹구고 말리면 되니 관리도 간편하다. 제대로 된 분리수거함을 사기 전까지 잠깐 쓰려고 했는데 예상보다 길게 제 역할을 하고 있다. 이런 기세라면 이사를 가서도, 아니 앞으로 10년은 더 쓸 수 있을지도 모른다.

애착 후드 집업

한여름에도 의자에 걸쳐 두고 몸이 서늘해지면 언제든

지 걸치는 후드 집업이 있다. 안감은 기모이고, 모자는 이중으로 봉제돼 있다. 두툼하고 따뜻해서 자주 입는 옷이다. 흰색과 회색이 오묘하게 섞여 질리지도 않는 이 후드 집업은 10년 전에 '아메리칸 어패럴(American Apparel)'에서 샀다.

한때 이 미국 브랜드를 열렬히 좋아했다. 옷을 살 때면 무조건 아메리칸 어패럴에 갔다. 아주 인기 있었지만, 경영난으로 한국 매장이 하나씩 철수하더니 결국에는 파산하고 만 추억의 브랜드다. 구입한 지 꽤 시간이 흘렀으나 아직까지 입는 데 무리가 없다. 보풀 하나 없고 부자재도 고장 나지 않았다. 오래돼서 버릴까 고민한 적도 있지만 버릴 이유가 없었다. 여전히 따뜻하고 부드럽다. 나에게 있어 유일하게 '애착'이라는 이름을 붙일 만한 옷이다.

나만의 '인생템' 자랑 대회

1 _____

_____

_____

2 _____

_____

_____

3 _____

_____

_____

4

5

내가 가장 좋아하는 물건을 골라서
그 이유를 가능한 한 길게 설명해 봅시다.
인생템을 떠올리는 동안 내가 뭘 좋아하고,
또 뭘 싫어하는지 알게 되니까요!

갖지 않아서 더 소중한 것들

크리스마스 장식 없이
크리스마스를 즐기는 법

콧등에 차가운 바람이 스친 날, 크리스마스가 얼마 남지 않았다는 사실을 깨달았다. 집으로 돌아오자마자 서둘러 크리스마스 캐럴을 틀었다. 10월 말이었다. 앞으로 두 달이나 남았지만 나 혼자만의 '미리 크리스마스' 시즌은 시작됐다!

크리스마스를 사랑한다. 크리스마스를 떠올리는 것만으로 기분이 좋아진다. 심지어 어릴 때는 예수님이 태어난 날을 내 생일보다 더 기다렸다(특별한 선물을 받을 수 있어서이기도 했지만!). 매년 집에 크지도 작지도 않은 크리스마스트리를 세우고, 빨갛고 파란 조명을 달았다. 그러고는 잠들기 전까지 내

내 트리를 구경했다. 어둑한 거실에 반짝이는 조명은 내 마음을 말랑말랑하고 뜨끈하게 만들었다. 누군가 알려 주지 않아도 자연스럽게 알게 되는 따뜻한 감정이었다.

내 크리스마스는 10월 말부터 시작된다(시기가 점점 빨라지는 것은 기분 탓일까?). 사실 언제 시작하든 상관없다. 빨리 시작할수록 크리스마스를 길게 보낼 수 있다. 크리스마스 시즌이라고 정한 순간부터 매일 캐럴을 듣는다. 틈날 때마다 산타클로스가 주인공이거나 크리스마스 연휴가 배경인 책과 영화를 찾아서 본다. 빨간 옷을 입은 산타와 그를 돕는 엘프, 루돌프, 썰매, 그리고 크리스마스트리와 장식까지! 크리스마스가 아니었다면 존재하지 않았을 것들을 최대한 즐기려 한다.

하지만 단 하나, 하지 않는 일이 있다. 집 안에 크리스마스 장식을 하는 것이다. 우리 집에서는 작은 조명 하나, 리스 하나도 찾아볼 수 없다. 그런 상태로 크리스마스를 맞이한 지 올해로 3년째다. 집을 꾸며 놓으면 크리스마스 분위기를 더욱 흠뻑 느낄 수 있지만, 잘 꾸며진 길거리 장식에 만족하며 기뻐하기로 했다. 그것만으로 충분하기 때문이다.

크리스마스이브, 길거리의 분위기를 즐기고 사람들의 손에 들린 물건을 구경했다. 산타가 그려진 빨간 포장지, 커다란 선물 상자와 케이크 상자, 술이 들었을 것 같은 길쭉한 종이 가방……. 표정은 마스크에 숨겨져 있지만 그들의 손에는 설렘이 들려 있었다.

동네 상가에도 음식을 포장하거나 케이크를 사려는 손님으로 가득했다. 사랑하는 사람을 위해, 혹은 자신을 위해 저마다의 방식으로 크리스마스를 채우고 있었다. 나는 피자 상자를 손에 들고 종종걸음으로 집에 돌아왔다. 순간순간의 장면과 기억이 내 안에 쌓여 간다. 앞으로도 크리스마스 하면 이 장면들이 떠오를 것 같다.

20대에는 지금처럼 크리스마스를 좋아하지 않았다. 남들과 비교하며 많은 시간을 소모했던 그 시절의 나는 크리스마스마저 다른 사람보다 잘 즐기고 싶었다. 많은 사람에 둘러싸

여 술을 마시거나 화려하게 장식된 곳에서 늦은 시각까지 놀며 남들에게 보여 줄 만한 크리스마스를 보냈다. 그래도 마음한편이 이상하게 허무하고 허전했다. 그럴듯한 계획이 없는해에는 크리스마스가 빨리 지나가 버렸으면 하고 바라기도했다.

하지만 이제는 안다. 화려한 장식이나 시끌벅적한 파티가없어도 크리스마스는 크리스마스. 어떤 영화를 보든 크리스마스는 크리스마스. 눈이 와도 오지 않아도 크리스마스는 크리스마스다!

마음속이 '크리스마스다운 감정'으로 가득 채워졌다. 여느 날과 다름없는 하루지만, 크리스마스라는 이유 하나만으로 평소에는 잊고 있던 마음들이 떠오른다. 사랑하는 사람들과 함께하고 싶어진다. 내 옆에 있는 모든 것이 소중해진다. 어릴적의 말랑거리고 뜨끈한 감정이 매년 똑같이 찾아온다. 크리스마스 시즌이 길면 길수록 그 마음을 오래 느낄 수 있다. 그래서 매년 나만의 크리스마스 시즌이 자꾸 길어지는지도 모른다.

마무리로 밤늦게까지 〈나 홀로 집에 2〉를 보며 연휴의 기분을 만끽했다. 기다렸던 크리스마스는 끝났지만 아쉽지 않았다. 올해도 충분했다. 크리스마스를 사랑하는 만큼 충분히 누렸다. 지금부터는 내년의 크리스마스를 즐겁게 기다려야겠다. 그리고 또 잘 보내야지. 내가 좋아하는 방식으로!

생일은
다 즐거워!

노래방 없는 세상은
상상하고 싶지 않아

코로나바이러스 때문에 2년 반 만에 온 코인 노래방. 그동안 남편과 며칠에 한 번씩 노래방 가고 싶다고 노래를 불렀다. 각자의 마이크에 커버를 씌워 주며 '무리하지 말고 가볍게' 30분만 부르자고 했지만, 막상 부르다 보니 시간이 금세 지나갔다. 누가 먼저랄 것도 없이 30분을 추가했다.

남편도 나도 노래방 가는 걸 좋아한다. 우리 사이에는 억지 호응 같은 것도 없다. 누가 뭘 부르든 그사이에 각자 부를 노래를 찾고 예약한다. 연달아 두 곡을 부르면 안 된다는 암묵적인 규칙도 있다. 너 한 번, 나 한 번 사이좋게 번갈아 부른다. 노래방에서만큼은 개인플레이를 한다. 노래방에 둘 다 누구보다 진심이기 때문이다.

그동안의 한을 풀기 위해 엄청나게 높은 음역대의 노래를 부르다가 목이 쉬어 버렸다. 안 돼! 아직 부르고 싶은 노래가 많은데! 물을 벌컥벌컥 마시면서 꾸역꾸역 끝까지 불렀다. 얼굴에 혈색이 돌았다. 오랜만에 노래방에서 열정을 불태웠다. 이게 얼마만이야!

인생에서 노래방을 가장 열심히 다닌 때는 열일곱 살부터 스물네 살까지였다. 고등학생 때는 학교에서 조금 멀지만, 우리 지역에서 최고의 시설을 자랑하는 노래방에 다녔다. 선배들부터 신입생인 우리까지 동네 모든 학생이 뻔질나게 드나드는 곳이었다.

그곳에서 우리는 1분 1초도 허투루 쓰지 않았다. 발라드로 몸을 예열하고, 댄스곡으로 열정을 폭발시키며 학교에서 받는 스트레스와 세상을 향한 불만을 모조리 뱉어 냈다. 마지막 1분이 남았을 때는 일반 노래보다 긴 '댄스 메들리 2'나 '인

기곡 메들리 3'를 선곡해서 끝까지 놀았다. 오늘도 시간을 알뜰하게 썼다고 만족스러워하며 맥도날드 햄버거를 사 먹고는 헤어졌다.

대학생 때는 밤새 노래방에 살다시피 했다. 대학 생활 내내 그 흔한 동아리 한번 가입해 본 적 없는 사람이다. 학과 특성상 과제로 바쁘다 보니 외부 활동을 하는 건 사치였다. 하지만 그런 내게도 비공식 동아리는 있었다. 바로 '노래방 동아리'! 노래 부르기를 좋아하는 같은 과 선후배가 모여 며칠에 한 번씩 노래방에 가는 모임이었다. 학교에 인정받은 공식 동아리는 아니지만 대학교에 다니는 4년 내내 성실하게 활동했다.

　이 비공식 동아리는 가입 절차가 다소 까다로웠다. 일단 학교 행사나 신입생 환영회 등에서 노래 부르기를 좋아하는 사람이라는 걸 알려야 했다. 그러면 노래방 동아리의 주축 멤버인 남자 선배 세 명이 쑥스러운 얼굴로 다가가서 권유했다. "같이 노래방 갈래?" 노래방에 가서도 바로 가입이 가능한 것은 아니었다. 선곡 분위기가 비슷해야 하고, 서로 성격이 잘 맞는지 역시 중요했다. 한두 번 정도 더 노래방에 함께 가야 멤버로 인정받을 수 있었다. 나는 당당히 이 폐쇄적인 동아리의 정식 멤버가 됐다.

미술 전공이라서 수업마다 과제와 작업이 많았다. 과제를 끝내기 위해 우리 과 학생 대부분은 거의 매일 학교에 남아서 야간작업을 했다. 중요한 전시를 앞두면 며칠 동안 밤을 꼴딱 새우기도 했다. 나는 수업 중에 딴짓을 하다가 뒤늦게 작업을 시작하는 게으른 학생이었고, 야간작업도 특히나 많이 했다. 그러다 보니 사정이 비슷한 선배들과 자주 마주치게 됐다.

  몸은 피곤하지만 그렇다고 집에 그냥 가기는 아쉬웠다. 과제와 작업으로 받은 스트레스를 해소하고 싶은 마음은 다 같았다. 우연히 마주치기만 해도 느닷없이 모임이 결성됐다. "노래방?" 이 한마디면 충분했다. 움츠러든 어깨가 펴지고, 반쯤 감긴 눈이 동그래졌다. 항상 밤늦게 활동을 시작했지만, 정말이지 건전한 동아리였다. 노래와 춤만 즐기러 클럽에 가는 사람들이 있는 것처럼, 우리도 그랬다. 늦은 밤 어슬 렁거리며 학교 정문을 나와 노래방에 들어가면 인상 좋은 젊은 사장님이 우리를 맞이했다. 당시 노래방은 한 시간에 1만 5,000원 정도였다. 대개 선배들이 삼삼오오 돈을 모아 냈고, 나는 음료수를 샀다. 마시는 음료수도 정해져 있었다. 옥수수 수염차였다. 각자 몫으로 옥수수수염차를 한 병씩 챙기고는, 밤새 그걸로만 버텼다.

사장님은 노래방 문을 닫을 때까지 무한대로 시간을 제공 했다. 몇 시에 가든 나오는 시각은 새벽 네 시였다. 손님이 많을 때는 미안하다고 우리의 양해를 구하기까지 했다. 우리 중 한 명이라도 〈슈퍼스타 K〉에 나가서 파티 노래방 사장님 덕분에 우승하게 됐다고 말했어야 하는데!

그렇게 노래방에서 나온 우리는 걸걸한 목소리로 인사를 나누고 쿨하게 헤어졌다. 해야 할 과제도, 작업도 남았지만 노래방에서 체력을 다 소모했기에 내일을 기약했다.

몇 달 전, 노래방 동아리 주축 멤버였던 선배를 만났다. 선배도 노래방을 오랫동안 가지 못했다고 했다. 대신 자신의 작업실에서 매일 큰 소리로 노래를 부른다고 했다. 노래방에서 부를 때보다 실력이 늘었다고도 덧붙였다. 진심으로 부러웠다.

노래방은 내가 크게 소리 지를 수 있는 유일한 공간이다. 다른 사람의 눈치를 보거나 조심스러워할 필요 없이, 노래방에서는 평소 숨겨 둔 무대 욕심을 과감하게 표출할 수 있다. 노래 부르기를 좋아하지만 무대 공포증을 가진 나는 이상하게도 노래방에서만은 그 감정을 떨칠 수 있다. 노래방은 그런 힘을 가졌다. 그런 공간을 하나 더 갖게 된 선배가 부러울 수밖에!

☼ 📍 입시 스트레스를 날려 줬던 노래 리스트 📍 ☼

루머스 - <스톰>   크라잉넛 - <말 달리자>
레이지 본 - <Do it yourself> 소찬휘 - <Tears>
체리필터 - <낭만고양이> 자우림 - <매직 카펫 라이드>

어디든 작업실이 된다

시드니에 신혼집을 구하기 전, 비자를 준비하고 이사 갈 집을 찾는 3개월 동안 남편 집에 머물렀다. 생활하는 데는 충분했지만, 가족이 함께 사는 집이라 일하기에 적합한 공간은 따로 없었다. 방에 있는 책상은 내 작업 도구인 노트북과 태블릿을 펼쳐 두기에 좁았다. 거실에 널찍한 책상이 몇 개나 있었지만 식구들이 자주 왔다 갔다 하는 공간이라 편안히 작업하기에는 어려웠다. 일은 해야 하고 공간은 마땅치 않아 마음 편히 집중할 공간을 찾아 밖으로 나갔다.

시드니의 렌트비가 만만치 않아 작업실 책상 하나 빌리는 것도 정기적인 수입이 없는 내게는 부담이었다. 카페에서는 긴 시간 머물지 못했다. 한국처럼 카페에 노트북이나 휴대 전화를 올려 두고는 화장실도 편히 가지 못했다. 그렇다면 남은 답은 도서관밖에 없었다.

시드니 채스우드 지역의 윌러비 도서관으로 출퇴근하기 시작했다. 사는 곳에서 30분 정도 떨어진 곳이었다. 남편이 일하고 있는 데다가, 연애할 때 그곳에서 많은 시간을 보냈기에 다른 장소보다 익숙했다. 비교적 새로 지어진 도서관이라 시설도 좋고, 공간도 넓었다.

하루에 여섯 시간씩 윌러비 도서관에서 일했다. 와이파이도 느리고 인터넷 연결 역시 자주 끊겼지만 나는 그곳을 좋아했다. 도서관은 항상 적당히 소란스러웠다. 규모가 커서 앉을 자리도 많았다. 지하지만, 건물 중앙에 커다란 창이 있어서 밝은 햇빛이 들어왔다. 해가 지는 장면도 고스란히 볼 수 있었다.

공부하는 사람뿐 아니라 신문이나 잡지를 읽으러 오는 사람도 많았다. 지역의 문화 센터의 역할도 했다. 한쪽에서는 강연이 열렸고, 다른 한쪽에서는 어린아이들이 큰 소리로 책을 읽거나 체험 활동을 했다. 적당한 소음 속에서 그 누구도 신경 쓰지 않고 각자의 일에 몰입했다.

도서관을 작업실로 사용하면서 가장 좋았던 점은 언제든 보고 싶은 책을 꺼내 읽을 수 있다는 사실이었다. 영감이 필요하거나 마음이 답답할 때, 멋진 그림이 보고 싶을 때면 좋아하는 작가들의 작품집을 펼쳤다. 서점에서는 비닐로 포장돼 있어 보지 못했던 아트북도 실컷 봤다. 머릿속에 환기가 필요할 때는 잡지 코너에서 신간을 가져와 읽었다. 내가 가장 좋아하는 잡지는 뉴욕인의 생활상을 담은 《더 뉴요커(The Newyorker)》와 호주의 일러스트레이션 잡지 《프랜키(Frankie)》였다. 여기에 내 그림이 실리면 좋겠다고 의욕을 다졌다. 이후 자리에 돌아오면 다시 할 일에 집중할 수 있었다. 내가 가졌던 가장 멋지고 거대한 작업실이었다.

작업실에 대한 특별한 로망은 없다. 앉을 수 있는 의자 하나와 노트북을 올려 둘 책상만 있다면 그곳이 어디라도 작업실이 되기 때문이다. 생활 공간인 방 안의 책상과 소파가, 어느 때는 집 앞 카페가 작업실이 된다. 얼마나 간편한가!

카페에 가는 것도 쉽지 않았던 지난 몇 달간은 느닷없이 작은 방에 있는 책상을 거실 중앙으로 옮겨 생활하기도 했다. 같은 책상이고, 집에서 벗어나는 것도 아니었지만 약간의 변주만으로도 기분이 바뀌었다. 한동안 거실이 내 작업실이 됐다. 책상의 네 면을 옮겨 다니면서 일하기도 했다.

커다란 창문이 나 있고, 따뜻한 난로에 뜨끈한 주전자가 올라가 있으며, 항상 좋은 향기가 나고, 한쪽에는 멋스러운 빈티지 가구가 놓인 작업실이 있으면 좋겠지만, 없어도 괜찮다. 이미 내가 가질 수 있는 최고의 작업실을 가져 봤기 때문이다.

바쁜 시기에는 내가 어디에서
일하는지 중요하지 않다.
일하느라 바빠서 신경 쓸 틈이 없기 때문이다.

어쩌면 나에게
정말 일이 잘 되는 작업실은
'바쁜 상태'일지도 모른다.

오랜만에 내가 가장 좋아하는 영화 〈가위손〉을 봤다. 영화의 주인공은 손이 가위로 만들어진 에드워드다. 에드워드의 창조자이자 아버지인 발명가는 에드워드의 손을 미처 완성하지 못한 채 갑작스럽게 죽고, 에드워드는 미완성인 채로 커다란 성에 홀로 남겨진다.

화장품 판매원 펙은 물건을 팔겠다는 일념 하나로 당장이라도 무슨 일이 생길 것 같은 이 무시무시한 성에 들어갔다가 에드워드를 만난다. 첫 만남에는 두려움을 느꼈지만 곧 혼자 사는 에드워드가 가여워진 펙은 부모의 마음으로 에드워드를 자신이 사는 마을로 데려온다. 그렇게 영화가 시작된다.

어릴 때는 〈가위손〉을 그저 무서운 영화라고 생각했다. 얼굴이 하얗게 질려 있고, 항상 까만 옷을 입는 데다가 손에는 날카로운 가위까지 달린 에드워드가 어린이에게 좋은 기억으로 남을 수 없었다. 하지만 시간이 흘러 다시 봤을 때 나는 이 영화와 사랑에 빠지고 말았다. 그때부터 계속 이 영화를 사랑하고 있다.

일단 〈가위손〉은 내 시각적 욕구를 가득 채워 준다. 영화의 미장센이 내 취향을 완벽히 저격한다. 1980년대 후반의 분위기와 색감, 화면을 채우는 배경과 소품들, 등장인물의 의상과 헤어스타일이 사랑스럽다.

음악은 또 어찌나 좋은지. 음악 감독 대니 앨프먼의 OST는 영화를 더욱 완벽하게 만든다. 팀 버튼이 감독한 거의 모든 영화에 음악 감독으로 참여한 대니 앨프먼의 음악은 영화 특유의 몽환적인 분위기를 극대화한다. 에드워드가 마당에서 얼음을 조각하는 동안 킴이 두 팔을 벌리고 행복한 표정으로 춤추는 장면에서 흘러 나오는 곡인 〈아이스 댄스(Ice dance)〉는 슬프면서도 아름답다. 이 영화의 분위기를 대표하는 곡이라고 생각한다.

〈가위손〉이 담고 있는 이야기는 단순하다. 더 정확하게 말하자면 쉬운 듯하지만 복잡하고 다양한 메시지를 품고 있어서 보는 사람마다 다른 감상을 내놓곤 한다. 내가 이 영화에서 본 것은 '대비'다. 따뜻하고 다정한 마음을 가진 사람과 그렇지 못한 마음을 가진 사람이 뚜렷하게 나뉘어 보인다. 그것은 흑백과 파스텔톤 색감의 대비, 해가 쨍쨍하고 예쁜 구름이 두둥실 떠 있는 화창한 낮과 얼음 눈 내리는 밤의 대비로 이어진다.

재미있는 점은 화창한 날씨보다 에드워드가 만드는 눈이 내리는 밤(얼음 가루가 날리는 밤)이 훨씬 더 아름답고 행복하게 와닿는다는 점이다. 에드워드와 킴, 킴의 가족들의 진짜 마음이 느껴지기 때문이다.

자연스럽게 이 영화의 감독인 팀 버튼도 좋아하게 됐다. 그는 내가 다니고 싶었던 미국 대학교 출신이고, 내 꿈의 직장인 디즈니에서 일했다. 게다가 자신의 그림을 그리지 못하는 것에 불만을 갖고 회사를 박차고 나오기까지 했다. 이 간단한 프로필에서부터 이미 강하게 이끌렸다.

이후 스톱 모션 애니메이션으로 감독 활동을 시작했고, 계속해서 자신이 하고 싶은 이야기를 쓰고 그리며 작품 활동을 이어가는 걸 알면서부터는 완전히 롤 모델이 돼 버렸다. '팀 버튼'이라는 글자가 들어간 책은 모조리 찾아 읽었다. 그리고 팀 버튼처럼 자신의 세계를 구축하는 창작자가 되고 싶다는 큰 목표가 생겼다.

그의 영화는 어떤 식으로든 팀 버튼이 만든 티가 난다. 계속해서 자신의 스타일을 발전시키고, 자신이 표현하고 싶은 메시지를 영상으로 실현시키는 팀 버튼이 인간적으로나 창작자로서나 멋지고, 부러웠다.

'나는 죽었다 깨어나도 저렇게는 못할 것 같아'라면서도 닮고 싶어지는 창작자가 있다. 나에겐 팀 버튼이 그런 존재다. 나는 팀 버튼의 작품을 무척이나 좋아하지만 따라 할 엄두조차 내지 못한다. 알면 알수록 팀 버튼은 나와 정반대의 사람이다.

나는 밝고 긍정적인 이야기를 하려 애쓰는 데 비해 팀 버튼은 주로 기괴하고 잔인한 이야기를 한다. 하지만 그 이야기가 기분 나쁘거나 무섭게 느껴지지는 않는다. 오히려 평범하지 않은 등장인물에 정이 가고 마음이 쓰인다.

　외롭고 슬퍼 보이는 이들에게서 순수함과 솔직함을 느끼고, 인간적으로 공감하게 된다. 누구나 어둡고 숨기고 싶은 부분이 있으니까. 그런 감정을 이토록 정확하면서도 아름답게 표현할 수 있는 사람이 얼마나 될까? 그게 바로 팀 버튼의 힘이다.

며칠 동안 슬럼프로 작아진 마음이 다시 뜨거워졌다. 좋아하는 영화와 그걸 만든 감독에 대한 이야기를 쓰며 마음이 단단해졌다. 무엇이든 만들고 싶은 창작 욕구가 샘솟는다. 팀 버튼이 내 우주를 지탱하는 기둥 하나 정도는 세웠다고 해도 과언이 아니다.

<겨울왕국>은
어린이 영화가 아닙니다

좋아하는 게 많은 사람은 종종 곤란한 상황을 마주한다. '가장 좋아하는 것'을 꼽아야 할 때도 그렇다. 좋아하는 것들에 등수를 매긴다는 데 미안한 마음이 생겨서 도저히 하나를 꼽을 수가 없다. "그냥 똑같이 다 1등 하면 안 되나요? 마음의 크기는 다르지 않다고요!" 하고 외치고 싶다. 그래서 나는 그냥 모두 1등으로 좋아한다고 말하기로 했다. 내 말이 대중에게 큰 영향력이 있거나 어떤 권위가 있는 것도 아니니까(이렇게 선언하고 나니 마음이 한결 가벼워졌다).

이제부터 마음 편히 내가 가장 좋아하는 애니메이션에 대해 이야기하려고 한다. 혹시 〈겨울왕국〉을 안 본 사람이 있을까? 국내에서 상영된 애니메이션 최초로 1000만 관객을 돌파한 명작이다. 주인공 엘사가 부른 〈다 잊어〉, 일명 〈렛 잇 고(Let it go)〉는 모든 어린이가 따라 불렀을 정도다. 한때 많은 어린이가 전부 엘사와 안나의 드레스를 평상복처럼 매일 입고 다녔는데, 그래서 부모님들은 〈겨울왕국 2〉의 개봉을 반길 수만은 없었다고 한다. 아이들이 신상 엘사 드레스를 갖고 싶어 할 테니까! 그러다 보니 이 애니메이션을 어린이만을 위한 것으로 여기는 사람들도 있다. 하지만 엘사 드레스에 마음을 뺏기지 않고도 〈겨울왕국〉을 사랑하는 어른이 많다. 그중 한 사람이 바로 나다.

사실 나는 속편인 〈겨울왕국 2〉를 아주 조금 더 좋아한다. 〈겨울왕국 2〉는 자매가 성장해 엘사가 왕이 된 이후의 이야기인 만큼 다소 무게감이 느껴진다. 사랑과 마법뿐 아니라 희생과 책임감까지 이야기한다. 엘사와 안나는 각자가 맞닥뜨

린 어려움에서 도망치지 않고, 아픔과 슬픔을 이겨 내며 문제를 해결한다. 그리고 평화와 행복을 되찾는다. 그 과정에 온 신경을 집중해 보다 보면, 나도 모르게 용기와 힘을 얻게 된다.

뮤지컬 영화이니만큼 〈겨울왕국〉은 노래를 통해서도 중요한 메시지를 전한다. 〈겨울왕국 2〉에서 가장 좋아하는 곡은 엘사가 까만 바다를 뛰어넘고 미지의 섬에 다다랐을 때 흘러나오는 〈보여 줘(Show Yourself)〉다. 새로운 〈렛 잇 고〉이자 이 영화의 정체성인 노래다.

뒤이어 내 마음에 콕 박힌 대사가 나온다. "진짜 못 믿을 건 두려움이에요." 커다란 영화관에서 자막으로 이 대사를 봤을 때 눈물이 핑 돌 정도였다. 당시 내게 필요했던 말이라 그렇게 감동받은 건지 정확히 알고 싶어 VOD가 출시되자마자 결제해서 몇 번이나 다시 봤다. 두려움이 내 힘과 능력을 무력하게 만들고, 도전을 막아설 때마다 엘사의 말을 떠올렸다. 두려움을 믿지 않는다면 그것은 아무것도 아니라고 믿게 됐다. 이 대사 하나만으로도 〈겨울왕국 2〉를 좋아할 이유는 충분했다.

안나의 곡인 〈해야 할 일(The next right thing)〉도 좋아한다. 안나가 모든 걸 포기하고 싶어진 순간, 주저앉았다가 다시 일어나는 장면에서 나오는 곡이다. 안나는 힘들고 두려운 상황에 처해 있음에도 한 걸음씩 내디디며 나아간다.

 몇 달 전 힘들어서 포기하고 싶어졌을 때 이 곡을 다시 듣게 됐는데, 이상하게 손에 힘이 들어갔다. 해야 할 일을 하고, 용감하게 나아가자고 말하는 안나의 목소리를 들으니 나를 찾아온 두려움도, 힘듦도 희미해져 갔다. 이제는 〈겨울왕국 2〉를 떠올리는 것만으로 자동으로 용기가 솟는다.

〈겨울왕국 2〉 제작 비하인드 다큐멘터리를 보면 영화를 더더욱 사랑하게 된다. 다큐멘터리는 공식 개봉을 11개월 앞둔 시점부터 시작된다. 좋아하는 영화를 누가, 어떻게, 어떤 시간을 보내며 만들었는지 아는 일은 특별한 경험이었다. 나는 애니메이션 제작에 참여 중인 디즈니 스튜디오 직원에게 몰입했다. 이렇게까지 감정을 이입한 것은 〈겨울왕국 2〉의 팬이기도 하지만, 애니메이션 제작에 대한 열망과 애정이 남아 있기 때문이다.

애니메이션은 종합 예술의 끝이다. 애니메이션은 '0'에서 시작된다. 아무것도 없는 상황에서 스토리 작가들이 이야기를 만들고, 그림 작가들이 움직이는 캐릭터를 만들어 내며, 배우들이 생동감 있게 목소리를 연기한다. 〈겨울왕국〉에선 성우들이 노래까지 부른다. 하나의 영화를 만들기 위해 수백 명이 쏟은 노력이 고스란히 느껴졌다. 모든 연령대가 사랑하는 영화를 만들기 위해서 들인 시간을 지켜보니 〈겨울왕국〉에 대한 애정이 더욱 커졌다. 그 멋진 여정에 함께하고 싶은 마음, 그들처럼 창작하고 싶은 마음도 함께 자라났다.

나는 매번 쉬운 일만 하려고 했다. 편한 길을 택하고, 조금만 어려우면 도망치곤 했다. 이제는 내가 할 수 있는 최선을 다하겠다고 주먹을 불끈 쥐며 다짐했다. 나에게는 엘사와 안나만큼이나 애니메이션을 만든 사람들 역시 큰 용기를 주는 존재였다.

이제 모른 체할 수 없는 진실을 알고 있다. 누군가의 사랑을 얻으려면 그리고 다른 이들에게 용기와 힘을 나눠 주려면 그 과정에서 고통과 좌절을 겪을 수밖에 없다. 그 순간에도 계속해서 나아가려고 노력하는 것이 내가 바라는 결과를 얻을 수 있는 유일한 길이다.

용기가
필요한
어느 날의 나.

<겨울왕국2>의
<해야 할 일>을 들으며
용기를 충전한다.

(혹은 열창)

한 달씩 연장되는 관계

일정한 금액만 내면 보고 싶은 콘텐츠를 무제한으로 즐길 수 있는 세상에 산다. 구독 서비스 덕분이다. 구독 서비스로 책을 읽고 음악을 듣고 영화와 드라마를 본다. 지금 내가 가입한 구독 서비스는 총 아홉 개, 그중 영상 콘텐츠 플랫폼만 여섯 개다. 많아 보이지만 플랫폼마다 이용할 수 있는 콘텐츠가 다르기 때문에 어느 것 하나 포기하지 못하고 계속 유지 중이다.

최근에는 이모티콘도 구독하기 시작했다. 한 달에 3,900원을 내면 메신저에서 판매하는 대부분의 이모티콘을 이용할 수 있다. 두 달간 무료로 체험해 보라는 상술에 넘어가, 이제는 이모티콘 없이 채팅할 수 없는 사람이 되고 말았다. 무료로 제공되는 이모티콘만으로도 만족하던 나였는데……

귀여운 캐릭터가 내 감정을 대변한다. 엉덩이를 '흔들어 젖히고' 싶을 때도 캐릭터가 대신 나서 준다. '씰룩'만 검색해도 이모티콘이 잔뜩 나와서, 나는 친구들에게 매번 다른 씰룩거림을 보여 줄 수 있다. 3,900원의 소소하고 확실한 행복이다.

구독 서비스 덕분에 갖지 않아도 언제든지 필요한 걸 얻을 수 있는 삶을 살게 됐다. 덕분에 소유한 물건은 점점 줄어들지만 누리는 경험은 나날이 늘어간다. 구독 서비스를 하나씩 늘릴 때마다 "한 달에 커피 두 잔만 덜 먹으면 보고 싶은 프로그램을 실컷 볼 수 있으니 훨씬 이득이지!"라고 스스로를 납득시킨다. 그런데 나는 원래 커피를 잘 마시지 않는다. 게다가 이제 구독 서비스에 쓰는 돈이 매달 10만 원 가까이 된다. 이 정도면 커피가 아니라 "운동화 한 켤레 덜 사면 된다"라고 말하는 편이 더 적당할 것 같다. 1년에 한 번 신발을 사는 내게는 이마저도 어울리는 말은 아니지만.

한국에도 '디즈니 플러스'가 정식 론칭됐다(소리 질러!). 내가
좋아하는 콘텐츠가 모조리 올라와 있는 이 플랫폼이 한국에
들어오기를 오랫동안 고대했다. 남편과 매일 밤 TV 앞에 앉
아 '마블 유니버스' 작품을 순서대로 하나씩 해치웠다. 이 플
랫폼에서만 공개되는 시리즈도 있기 때문에 우리의 '마블 플
레이 리스트'는 전보다 훨씬 풍족해졌다.

'마블 유니버스'를 정주행하면서 〈앤트맨〉 시리즈를 특히
더 좋아하게 됐다(여기서 잠깐, 내가 가장 좋아하는 영웅은 토르다.
이유는 멋있으니까). 앤트맨은 멋있진 않아도 유머 코드가 내 취
향을 저격해서 영화를 보는 내내 웃음이 새어 나왔다. 사물들
이 개미만큼 작아졌다가 빌딩만큼 커지는 설정을 제대로 활
용해서 영화의 재미를 더 크게 느낄 수 있었다. 자동차를 손
에 쥘 수 있는 장난감만큼 줄여서 동그란 케이스에 들고 다닌
다든가, 건물이 캐리어 가방처럼 작아져 옮길 수 있다거나,
휴대용 반짇고리에 앤트맨 슈트를 보관한다든가! 앤트맨의

중요 설정에 꼭 맞춘 센스에 정신을 차릴 수가 없었다(휴, 좋아하는 영화를 말하다 보니 또 흥분하고 말았다).

이집트 파라오인 투탕카멘이 주인공으로 등장하는 〈미이라 왕 투탕〉이라는 만화 영화 시리즈도 좋아한다. 고등학생 때 처음 접한 이 만화 덕분에 이집트에 가서 피라미드와 각종 유물을 두 눈으로 직접 보고 싶다는 꿈이 생겼지만, 이집트 여행을 검색하면 빠지지 않는 지독한 호객 행위 후기 때문에 직접 갈 엄두는 나지 않았다. 이번에도 마찬가지였다. 직접 가 보는 대신 내셔널 지오그래픽 시리즈인 〈역사의 보물창고 : 왕가의 계곡〉을 보기로 했다.

고고학자 여러 명이 고대 이집트 발굴 현장에서 유물을 탐사하는 이야기다. 예기치 못한 상황에서 유물을 발굴하는 짜릿한 장면이 나오기도 한다(이미 발견한 유물을 연출해 다시 찍었을지도 모른다는 심리적 확신을 갖고 있지만). 학자들은 고대 이집트 역사와 연구 결과를 토대로 유적의 흔적을 찾아간다. 시리즈를 통해 의외의 사실을 많이 알게 됐다. 클레오파트라의 무덤은 아직도 발견하지 못했다는 것, 가장 널리 알려진 고대 이집트 파라오인 투탕카멘은 당시에는 오히려 덜 알려진 왕이었다는 것 등이다. 덕분에 거의 도굴되지 않은 투탕카멘의 무덤을 발견할 수 있었다고 한다. 반려견과 함께 묻힌 미라도 있었다.

더욱 놀라운 점은 밝혀지지 않은 고대 이집트의 비밀이 아직도 어마어마하게 많이 남아 있다는 것이다! 이집트 '덕질'을 시작하면 평생을 바쳐도 궁금증을 전부 풀 수 없을 것 같아 자제하려 했는데, 나는 이미 다른 영상 플랫폼으로 넘어가서 또 다른 이집트 유물을 구경하는 중이었다.

이렇게 써 두니 집에서 매일 영화와 다큐멘터리나 보는 사람처럼 보이지만……. 네 맞습니다. 저 그런 사람입니다.

☀ 내 구독 서비스 리스트 ☀

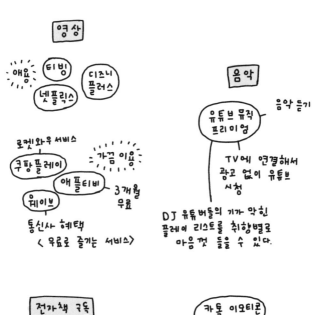

영상

애용 티빙 디즈니 플러스
넷플릭스

로켓와우 서비스
쿠팡플레이
애플티비
웨이브
통신사 혜택
〈 무료로 즐기는 서비스〉

가끔 이용
3개월 무료

음악

유튜브 뮤직 프리미엄
음악 듣기

TV에 연결해서 광고 없이 유튜브 시청

DJ 유튜버들의 기가 막힌 플레이 리스트를 취향별로 마음껏 들을 수 있다.

전자책 구독

밀리의 서재
메일매일 새 책을 읽을 수 있어서 즐겁다.

카톡 이모티콘 플러스

이모티콘 쓰면서 채팅하는 재미를 알아 버렸다.

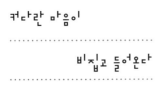

커다란 마음이

....

비집고 들어온다

....

매일 사용하던 차망이 망가졌다. 물병 입구에 고정하는 두 고리 중 한쪽이 부러진 것이다. 겨우 3,900원짜리지만 2년 정도 사용하다 보니 정이 들었는지 어떻게든 고쳐서 더 사용하고 싶었다.

그 순간 남편이 기지를 발휘해 한쪽 고리만으로 물병 입구에 차망을 걸었다. 어찌 됐든 거름망에 든 통보리가 쏟아지지만 않으면 되는 거였다. 차망의 생명이 연장된 환희의 순간이었다. 완전하지 않아도 사용하는 데 문제 없음이 증명되고, 새로운 걸 사기 위해 에너지를 소비하지 않아도 되는 기쁨을 오래 기억하고 싶었다. 사진을 찍고, SNS에도 올렸다. 거름 망이 생명을 되찾았다며 자랑 아닌 자랑을 했다.

얼마 후, 새 책의 인쇄 감리를 갔다가 오랜만에 만난 편집자와 근황을 나눴다. 그러다 편집자가 부러진 차망 이야기를 꺼냈다. SNS에서 내 글을 보고, 이케아에 살 게 있어서 가는 김에 새것으로 사다 주고 싶었다는 것이다. 그런데 곧 이사하게 돼서 요즘 정신이 없다고, 시간이 맞지 않아 매장에 가지 못했다며 아쉬워했다.

잠깐, 이 마음 뭐지? 자랑하려고 올린 사진을 보고 새것을 사 주고 싶었다고? 그 마음이 무척이나 고맙고 따뜻했다. 선물을 받았는지 못 받았는지 여부는 내게 전혀 중요하지 않았다. 내 글을 보고 신경 써 준 마음이 너무 컸다. 부러진 차망을 볼 때마다 그날 받은 마음을 떠올린다. 물을 끓이면서 혼자 몇 번이나 다시 감동받는다.

결혼을 앞둔 친구가 와인 두 병을 사 들고 우리 집에 놀러 온 날도 그랬다. 식사 후 와인을 냉장고에서 꺼내 테이블에 놓는데 잠깐, 우리 집에 와인 오프너가 있었나? 서둘러 서랍을 열자, 있기는 했다. 안타깝게도 고장 난 채였지만. 친구는 와인 오프너도 챙겨 올 걸 그랬다면서 아쉬워했다. 친구가 와인을 사 가겠다고 몇 번이나 말했으니, 이건 전적으로 미리 준비해 두지 않은 내 잘못이었다. 와인 마실 생각에 그저 신이 나 있었던 것이다.

고장 난 걸로 어떻게든 열어 보려다가, 결국 남편이 편의점에서 일회용이나 다름없는 와인 오프너를 사 왔다. 사용법을 잘 모르는 탓인지 매번 한 번 쓰면 고장 나 버리는 물건이었다. 그때마다 좋은 것으로 하나 마련해 두자는 말만 수십 번째였다. 미루고 미루다가 결국 이렇게 필요한 순간에 손님 앞에서 난감한 상황을 만들고 말았다.

우여곡절 끝에 와인을 열자 당황스러움은 곧 잊혔다. 우리 셋이 앉은 식탁은 어느새 얼큰해졌다.

그다음 날, 친구에게 깜짝 선물을 받았다. 바로 와인 오프너였다. 전날 식탁에서 와인 오프너를 좋은 걸로 사 두어야겠다고 말한 일이 생각났다. 친구가 그 말을 듣고 집에 가자마자 와인 오프너를 골라 선물한 것이다. 아니, 왜 이런 걸 선물해! 아무 날도 아닌데. 선물받을 만큼 내가 잘한 일도 없는데! 나는 또 물건보다 커다란 마음을 받고 말았다.

사람들에게 물건보다 크고 소중한 걸 받는다. 물건을 다 쓴 뒤에도 오래오래 따뜻하게 남는다. 그런 마음을 마주할 때마다 내가 이런 걸 받아도 되는지 의문이 든다. 굳이 거절하지는 않는다. "어머, 이렇게 귀한 걸 주다니!" 하면서 넙죽 받아서는 귀한 마음들을 내 안에 차곡차곡 쌓아 둔다.

　내 마음이 조금 더 넓어지면 좋겠다. 그 커다란 마음들을 더 많이 모을 수 있게.

해야 할 일을
즐겁게 해내려면

한때 내가 가장 싫어하는 집안일은 설거지였다. 가지고 있는 그릇의 개수를 줄이자 설거지 양도 줄어들어 설거지를 싫어하지 않게 됐다. 하지만 설거지를 좋아할 수만은 없었다. 한자리에서 오랫동안 서 있는 게 보통 어려운 일이 아니기 때문이다. 허리도 아프고 계속 들려오는 물소리에 피로감을 느꼈다. 20분 남짓한 시간이 늘 낭비처럼 느껴지고, 심심하기도 했다. 그 시간을 즐겁게 보내기 위해 음악을 듣기 시작했다.

남동생이 쓰지 않는 블루투스 스피커를 줬다. 가방에 넣어 다닐 만큼 가볍지는 않지만, 한 뼘 정도의 작은 크기라 집 안 여기저기 옮겨 다니면서 음악을 들을 수 있을 것 같았다. 충전도 한번 해 두면 꽤 오래갔다.

작은 몸집에 비해 소리가 제법 묵직했다. 베이스 음악을 강조하는 모드도 있어 무게감 있는 음악을 틀 때면 공간 전체가 기분 좋게 울렸다. 휴대 전화나 맥북의 내장 스피커와는 비교 불가였다.

'유튜브 뮤직'에는 분위기와 기분에 맞춘 재생 목록을 만드는 플레이 리스트 전문 유튜버들이 있다. 그들이 심사숙고해서 고른 재생 목록을 듣다 보면, 내가 재즈 바에서 설거지를 하는지, 피크닉을 와서 설거지를 하는지, 파리 여행 중 설거지를 하는지 헷갈릴 지경이 된다. 음악은 그런 상상을 가능하게 한다.

이제는 설거지가 기다려진다. 오늘은 주방이 어느 한적한 시골집으로 느껴질지, 저 멀리 에펠 탑이 보이는 오래된 다락방으로 느껴질지 기대된다.

무슨 일이든 즐겁게 해내고 싶다. 어차피 해야 한다면 나는 그 일을 즐겁게 만드는 데 돈과 시간을 기꺼이 쓰고 싶다. 즐거우면 힘든 일에도 끄떡없다는 걸 잘 아는 어른이기 때문이다.

설거지가 하기 싫을 때,
깨끗한 싱크대를 상상한다.
그럼 설거지가 하고 싶어진다.

깨끗한
싱크대를
되찾자.

나만의 취향 리스트 ?

- 내가 좋아하는 단어 :

- 카페에 가면 항상 마시는 것 :

- 가장 좋아하는 책 :

- 슬플 때 보게 되는 영화 :

- 아무 생각 없이 웃고 싶을 때 하는 일 :

- 요즘 빠져 있는 음악 :

- 가장 좋아하는 산책 코스 :

- 나만의 크리스마스 의식 :

- 생일에 꼭 먹는 음식 :

- 내가 가장 좋아하는 장소 :

나만의 색을 갖게 하는 리스트를 채워 보세요
내 취향을 정의하는 동안 나를 더 좋아하게 될 거예요

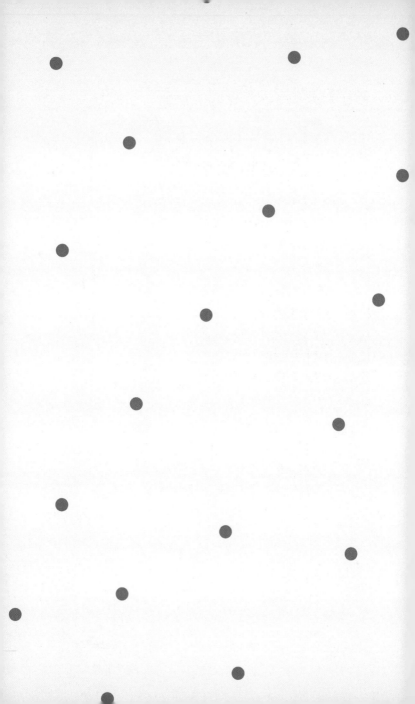

내 우주가 '진짜 취향'으로 채워질수록 나에 대해 잘 알게 된다.
나는 더욱 선명해진다.

취향 탐구 생활

초판 1쇄 인쇄 2022년 6월 15일
초판 1쇄 발행 2022년 7월 4일

지은이   에린남
펴낸이   정주안

기획 편집   이정은, 유인경
디자인   도미솔
영업·마케팅   김은석, 임한호, 김정훈, 안보람, 양아람
경영지원   곽차영, 정지원

펴낸곳   ㈜좋은생각사람들
주소   서울시 마포구 월드컵북로22 영준빌딩 2층
출판등록   2004년 8월 4일 제2004-000184호

ISBN 979-11-87033-16-5 (03810)

좋은생각은 긍정, 희망, 사랑, 위로, 즐거움을 불어넣는 책을 만듭니다.
positivebook_insta   www.positive.co.kr